Jules Verne

Die beiden Frontignac

Schwank in 3 Acken

Jules Verne

Die beiden Frontignac
Schwank in 3 Acken

ISBN/EAN: 9783744614610

Hergestellt in Europa, USA, Kanada, Australien, Japan

Cover: Foto ©Andreas Hilbeck / pixelio.de

Weitere Bücher finden Sie auf **www.hansebooks.com**

Ausschließliches Eigenthum von J. Steinitz & Co. in Berlin, Französischestr. 8. und in Paris, 31. rue de Provence, — und nur von diesen rechtmäßig zu beziehen.

Die beiden Fronlignac.

Schwank in 3 Acten

von

Jules Verne.

Deutsch von W. Emdenn.

Berlin 1873.

Druck von R. Boll, Mittelstraße 29.

Personen:

Stanislaus von Frontignac, 40 Jahr.

Savinien von Frontignac, dessen Neffe, 25 Jahr.

Roquamor, 45 Jahr.

Antonie, dessen Gattin.

Marcandier, 50 Jahr.

Imbert, Arzt.

Eveline, Marcandier's Gattin.

Carbonnel, Frontignac's Freund.

Madeleine, Carbonnel's Nichte.

Dominique, Diener bei Frontignac.

Zwei Gäste.

Ort: Paris. — Zeit: Gegenwart.

Erster Akt.

Bei Roquamor. Kleiner Salon.

---

1. Scene.

Marcandier. Imbert. Gäste. Dann Roquamor.

Die Scene stellt einen belebten bürgerlichen Ball vor, an den Hinterthüren drängen und stoßen sich die Gäste, sie drehen dem Publikum den Rücken zu und blicken in den Tanzsaal. Man hört Tanzmusik.

Erster Gast. Welch' Gedränge!

Zweiter Gast. Das kostete bereits verschiedene Fensterscheiben.

Erster Gast. Es scheint übrigens die einzige Erfrischung zu sein, die hier gereicht wird.

Zweiter Gast. Kennen Sie Herrn Roquamor, den Herrn vom Hause?

Erster Gast. Nein! Ein Freund hat mich hierher geführt.

Zweiter Gast. Mich auch... Ich kenne nur seine Frau — eine reizende Blondine —

Erster Gast. Nicht übel! nur ein bißchen mager, ich habe ein Faible für üppige Formen. — Sehen Sie nur, wie man meinen Hut zugerichtet hat.

Marcandier (mit Imbert eintretend und auf die letzten Worte Bezug nehmend). Allgemeine Regel: auf einem Balle immer mit einem alten Hut —

Imbert (mit einem Blick auf Marcandier's neuen Hut). Und wie jede Regel, nicht ohne Ausnahme.

1*

Marcandier (etwas verlegen). Hm! Ach ja — reiner Zufall — ich konnte meinen nicht finden.

Imbert. Dem Himmel sei Dank, daß wir diesen kleinen Salon gefunden, hier athmet man doch endlich auf.

Marcandier. Eine kleine Abkühlung thut wohl.

Imbert. Uebrigens eine sonderbare Idee des Herrn Roquamor, einen Ball zu geben; seit drei Jahren, seit denen er Paris verlassen, kennt ihn Niemand mehr.

Marcandier. Ich glaube, daß diese Idee eher von seiner Frau als von ihm ausgegangen ist. (Setzen sich).

Imbert (Roquamor gewahr werdend). Still! Da ist er.

Marcandier (sehr laut). Reizender Ball! Wirklich reizend!

Roquamor (rechts eintretend und sie grüßend). Doctor — Herr Marcandier —

Imbert. Haben Sie gehört, was wir über Ihren Ball sagten?

Roquamor. Ja — er ist recht gelungen. Das Einzige was mich stört, ist, daß ich außer Ihnen Niemand kenne.

Marcandier. Ihre Schuld. Warum bleiben Sie so lange unsichtbar. Madame Roquamor giebt Ihrer Rückkehr zu Ehren und um Sie wieder mit der Pariser Welt bekannt zu machen, einen Ball — Nichts einfacher als das.

Imbert. Und sind Sie nicht entzückt, Madame Roquamor so bewundert, verehrt und umschwärmt zu sehen —?

Marcandier (leise). Schweigen Sie! Er ist eifersüchtig wie ein Tiger! —

Roquamor. Meine Frau mit ihrem Schwarm von Anbetern, die wie besessen um sie herumspringen und herumtänzeln — sehen Sie nur, da polkt sie eben mit einem solchen Stutzer, den ich nicht kenne — und der mit ihr liebäugelt! Mein Gott, dauert denn die Polka den ganzen Abend? — Bitte, erlauben Sie, daß — (geht nach hinten und versucht, sich Eingang durch die Mittelthür zu verschaffen.)

Erster Gast (zu Roqumamor). Drängen Sie doch nicht, mein Herr!

Roquamor. Ich wollte nur — —

Erster Gast. Nach der Polka.

Roquamor. Bitte tausend Mal um Verzeihung, ich werde warten. (Nach vorn kommend.) Höchst störend, nicht gekannt zu sein.

Marcandier. Nun, Sie gehen nicht in den Saal?

Roquamor. Unmöglich durchzukommen.

Erster Gast (zum zweiten). Ah: da ist Madame Roquamor! — Welche Schultern! — Welche Taille! —

Zweiter Gast. Nicht üppig genug.

Erster Gast (gleichgültig). Die Frau könnte mir gefallen.

Roquamor. Das ist doch zu viel!

Marcandier (ihn zurückhaltend). Ruhe! Ruhe! mein lieber Freund!

Roquamor. Glauben Sie vielleicht, daß das angenehm ist? Ich gebe einen Ball, ruinire mich in Wachslichtern, Punsch, Eis und Blasinstrumenten, und Keiner grüßt mich, Keiner beachtet mich. Im Gegentheil, man stößt und drängt mich, man beleidigt mich — Ah, einmal und nicht wieder — (Diener erscheint mit Erfrischungen.) Erfrischungen!

Diener. Um Vergebung, mein Herr, erst die Damen! (Die Gäste stürzen sich auf die Gläser, die im Nu geleert sind.) Aber, meine Herren —

Roquamor. Oh!

Marcandier (ruhig sein Gefrornes schlürfend). Ausgezeichnet!

Roquamor. Das Einzige, das ich erlangt habe, war ein Glas Orgeade — und das nur auf meinen Frack.

Erster Gast. Welche Wirthschaft!

Zweiter Gast. Zu dem Preise! Was haben sie denn da hineingethan?

Roquamor (wüthend). Mein Herr!

Marcandier (ihn am Arm zurückhaltend). Ruhe, ich bitte Sie. Sie geben einen Ball und das langweilt Sie, gut, aber glauben Sie vielleicht, daß mich das unterhält? Seien Sie Philosoph, lieber Herr. Sie haben einige Hundertfrancsbillets ausgegeben, und dafür hat man Sie herumgestoßen, verhöhnt und beleidigt, Ihrer Frau den Hof gemacht; und wir, wir haben eine Nacht hindurch gegähnt und unser Geld am Spieltisch verloren. Was hilft alles Klagen? Hätten Sie uns nicht eingeladen, so wären wir nicht gekommen.

Roquamor. Sehr verbunden! — Aber einmal und nicht wieder! (Geht nach hinten.)

Erster Gast (zu Roquamor). Wieder Sie? — — Wahrlich, man ladet da Leute ein — —

Zweiter Gast. Ohne Lebensart!

Roquamor. Ich muß durch den Corridor gehen, um in meine Wohnung zu gelangen. (Ab durch die kleine Thür links.)

Erster Gast. Sehr ungenirt dieser Herr!

Zweiter Gast. Wahrscheinlich ein Lohndiener!

2. Scene.

Marcandier. Imbert. Gäste. Carbonnel und Madeleine (erscheinen in der rechten Hinterthür Arm in Arm).

Carbonnel. Wir kommen etwas spät, ich hoffe aber, liebe Nichte, daß Dich der Ball zerstreuen wird und daß Du ein freundlicheres Gesicht machst.

Madeleine (umherblickend, b. S.). Ob er wohl da ist? (Laut.) Ein Ball, auf dem ich Niemand kenne —

Carbonnel. Mit Ausnahme von Madame Roquamor. Mir geht's kaum besser als Dir! — Wir wollen den Herrn vom Hause aufsuchen. (Marcandier, der mit Imbert auf- und abgeht, stößt auf Carbonnel, dieser grüßt ihn. B. S.) Das ist er wahrscheinlich. (Laut.) Mein Herr, ich habe die Ehre! (Erstaunen Marcandiers, der den Gruß erwidert. Zu Madeleine.) Ich habe mich geirrt. (Imbert grüßend.) Mein Herr! (Wie vorher.) — Wieder nicht! Kein Glück! (Imbert erkennend.) Sieh da! Doctor! Guten Abend, Doctor! Wie geht's?

Imbert (lachend). Danke, und Ihnen? (Drücken sich die Hände.) Ah, Sie hielten mich für den Herrn vom Hause?

Carbonnel (auf Marcandier zeigend). Vielleicht dieser Herr?

Imbert. Auch nicht. (Ihn vorstellend.) Herr Marcandier, einer unserer bekanntesten Geschäftsmänner.

Carbonnel. Höchst erfreut, mein Herr, höchst erfreut!

Imbert (vorstellend). Herr Carbonnel, Director der Lebens-Versicherungs-Gesellschaft „Lutetia".

Marcandier. Höchst erfreut, mein Herr, höchst erfreut!"

Carbonnel. Vielleicht gar einer meiner Clienten —

Marcandier. In der That.

Beide. Höchst erfreut mein Herr, höchst erfreut!

Carbonnel. Könnten Sie mir wohl sagen, wo wir den Hausherrn begrüßen können?

Imbert. Herrn Roquamor? Zweiffellos im großen Saale.

Marcandier. Dort muß er sein.

Madeleine (bei Seite). Und Savinien hoffentlich auch! Er versprach mir, sich vorstellen zu lassen.

Carbonnel (zu Madeleine). Laß' uns gehen. (Nimmt ihren Arm.)

Marcandier und Carbonnel (wie oben). Höchst erfreut, mein Herr, höchst erfreut. (Carbonnel und Madeleine ab. Nach und nach zerstreut sich die Gesellschaft nach links und nach rechts.)

3. Scene.

Marcandier. Imbert.

Marcandier. Sehr angenehmer Mann. — Ich möchte aber gern gehen.

Imbert. Warum sind Sie denn gekommen?

Marcandier. Sie können nach Ihrem Belieben handeln.

Sie sind Junggeselle, wenn man aber, wie ich, Sklave einer Frau ist, — fragen Sie nur Herrn Roquamor.

Imbert. Ja, ja. Aber ist das nicht Ihre Frau Gemahlin?

Marcandier (hinblickend). Ganz recht — sie walzt mit Frontignac.

Imbert. Oh, Frontignac, der schöne, der berühmte Frontignac!

Marcandier (lebhaft). Sie kennen ihn?

Imbert. Dem Rufe nach. Der unverwüstlichste unserer Lebemänner, immer jung, immer auf dem Platze, trotz seiner fünfundvierzig Jahre. Er muß eine wahre Eisennatur haben, um dieses Leben, das er führt, auszuhalten.

Marcandier. Ja, und unmöglich, an der Eisennatur eine rostige Stelle zu finden.

Imbert. Das klingt ja, als wäre Ihnen das unangenehm.

Marcandier. Mir? — Nicht im Geringsten. Freilich, Andere an meiner Stelle —

Imbert. An Ihrer Stelle?

Marcandier. Er kostet mich jährlich 30000 Frcs., nicht einen Centime weniger.

Imbert. Wieso?

Marcandier. Ich will es Ihnen erzählen. Stellen Sie sich vor, vor zehn Jahren war dieser Frontignac nur Haut und Knochen, kränkelte und hüstelte — kurz, war dem Verlöschen nahe. Die Hälfte seines Vermögens hatte er bereits durchgebracht und es verblieben ihm noch 300000 Frcs., freilich noch ein ganz hübscher Nothpfennig, der ihm aber nach gewöhnlichem Zinsfuß doch nur 15000 Frcs. Rente abgeworfen hätte. 15000 Frcs. Rente aber bei seinem gewohnten Luxus und seinem Appetit für alle Art von Vergnügungen, ist wenig. Da fand sich denn ein braver Mann oder ein Esel, sollte ich lieber sagen, der bei sich dachte: wem fällt wohl einmal das Vermögen zu? Frontignac steht allein in der Welt, keine Kinder, keine Erben — —

Imbert. Verstehe. — — Und der würdige Mann sagte sich: ich will der Erbe sein.

Marcandier. Und bot ihm zehn Procent in Anbetracht seiner zerrütteten Verdauungswerkzeuge, fest überzeugt, daß er kein Glück hätte, wenn er die zweite Jahresrente zahlen müßte.

Imbert. Prächtiges Geschäft —

Marcandier. Prächtiges Geschäft? Welche Täuschung! Nach sechs Monaten war sein Husten verschwunden und sein Magen in bester Ordnung. Und heute erblicken Sie in ihm einen Ex=Schwindsüchtigen, geheilt durch Ausschweifungen.

Imbert (lachend). Ha, ha, ha! Und der brave Mann?.

Marcandier. War ich, — und da das nun schon zehn Jahre dauert —

Imbert. So sind Sie es nicht, der ihm zu Hülfe kommen würde, wenn er in einen Abgrund stürzte.

Marcandier. Meine Grundsätze —

Imbert. Verbieten es Ihnen — —

Mercandier. Nicht doch! Wie Sie gehört haben, bin ich in einer Lebensversicherung eingekauft und besitze somit nicht mehr das Recht, mein Leben einer Gefahr auszusetzen, das hieße die Gesellschaft benachtheiligen.

. Imbert. Mir kann das gleichgültig sein. Gute Nacht. — —

Marcandier. Sie gehen?

Imbert. Ich habe auf keine Frau zu warten.

Marcandier. Bleiben Sie noch einige Augenblicke, Frontignac kommt eben mit meiner Frau und Madame Roquamor — beobachten Sie ihn doch, und sagen Sie mir Ihre Meinung — manchmal sind gerade solche kräftige Leute —

Imbert. Ein ander Mal. (Ab. Musik hört auf. Die Tänzer kommen in den Salon.)

4. Scene.

**Marcandier. Frontignac. Antonie. Eveline. Madeleine.
Carbonnel. Roquamor.**

Frontignac (sehr mit den Damen beschäftigt). Wahrlich, meine Gnädige! Niemand versteht es wie Sie, einem Feste die wahre Weihe zu geben. Man kommt nicht zu Athem, man kann nicht zu Athem kommen — es ist köstlich.

Roquamor (leise zu Marcandier). Wer ist denn Der?

Marcandier. Ein Mann, der ein zähes Leben hat, Sie können mir's glauben. (Die Damen haben Platz genommen, Frontignac umschwärmt sie.)

Frontignac. Auf Ehre, ohne Uebertreibung. Bevor ich hierher kam, war ich einige Minuten auf dem Balle der Marquise von Fumeterre, ein Viertelstündchen bei der Generalin d'Outremont und einen Augenblick auf der Redoute der Prinzessin de la Rochetendron, aber, ich gestehe offen ein, die alte Noblesse des Faubourg St. Honoré ist übertroffen durch dieses Fest. Sie sind eine Fee — eine wahre Fee! — Wo haben Sie die heuzutage so seltene Kunst gefunden, für Alle zuvorkommend zu sein, für Alle angenehm, liebenswürdig, graciös? — o, mir fehlen die Worte!

Roquamor (bei Seite). Ihm fehlen die Worte, sagt er.

Antonie. Herr von Frontignac nimmt den guten Willen für die That.

Eveline. Herr von Frontignac opfert die früheren Gottheiten zu den Füßen der heutigen.

Frontignac. Wie meinen Sie, gnädige Frau?

Eveline (leise). Sie verstehen mich, Stanislaus.

Carbonnel. Immer derselbe!

Frontignac. Sieh' da, Carbonnel (drückt ihm die Hand). Ja wohl der Alte, und der will ich auch bleiben.

Antonie (zu Madeleine). Warum tanzten Sie denn nicht, mein Fräulein? An Tänzern fehlt es doch nicht.

Roquamor (bei Seite). Nein, aber an Platz.

Madeleine. Entschuldigen Sie, Madame. (Bei Seite). Er hatte mir doch versprochen —

Frontignac. Wirklich? Wenn mir das Fräulein den ersten Walzer gestatten will, so übernehme ich es, sie zu zerstreuen.

Madeleine. Besten Dank, mein Herr, ich walze nicht.

Frontignac. Welche Grausamkeit, mein Fräulein. (Geht zu Antonie.) Meine Gnädige, ich äußerte soeben zu Madame Marcandier, sie solle Ihrem Beispiele folgen und uns einige dieser berauschenden Soiréen geben.

Marcandier. Niemals, Herr von Frontignac mag sich anderswo berauschen. Uebrigens eignet sich unsere Wohnung nicht zum Empfang von Gesellschaften; bei Madame Roquamor ist es etwas Anderes.

Antonie. Ah, Herr Marcandier, da erinnern Sie mich an meinen Kummer.

Frontignac (mit Theilnahme). Einen Kummer! Sie haben einen Kummer?

Roquamor (bei Seite). Was kümmert ihn das?

Antonie. Ja! — diese Wohnung — wir müssen sie verlassen, der Wirth hat sie um 4000 Francs gesteigert, und mein Mann, ein Tyrann —

Frontignar. Ah, die Ehemänner! diese Ehemänner!

Antonie (schnell, Roquamor vorstellend). Herr Roquamor! — —

Frontignac. Mein Herr, sehr erfreut, Ihre Bekanntschaft zu machen —

Roquamor (sehr frostig). So?

Frontignac. Schon lange habe ich nach der Ehre getrachtet, Ihnen vorgestellt zu werden — Ihre Frau Gemahlin hat mir in so schmeichelhaften Ausdrücken von Ihnen erzählt — einem so geistreichen, so vornehmen Manne, so — —

Roquamor (ihm den Rücken drehend). Herr!

Marcandier (bei Seite). Vielleicht gerathen die eines Tages aneinander — diese Hoffnung will ich mir nicht entgehen lassen.

Carbonnel. Immer jung, immer feurig, dieser Frontignac; man möchte ihm dreißig Jahre geben —

Frontignac. Die er nicht annimmt. Man altert

nur, wenn man's durchaus will. — Die Kinder find's, die
das Alles erfunden, um ihre Eltern alt zu machen.

Antonie. Charmant!

Marcandier (bei Seite). Er hat eine Gesundheit,
daß Einem die Haare zu Berge stehen.

Frontignac. Und w.m verdanke ich diese ewige
Jugend, diesen steten Frühling? Den Frauen, ja, Ihnen,
meine Damen. Diesen Morgen noch fühlte ich mich etwas
leidend, etwas ermattet; und diesen Abend bin ich geheilt,
radikal geheilt. Und welches Mittel hat diese unglaubliche
Kur hervorgebracht? Ein Ball, nichts als ein Ball, mit
andern Worten der Anblick reizender Toiletten, blendender
Schultern, (halbleise zu Marcandier) jener leicht verhüllten
Schätze, die mancher Ehemann an seiner Gattin erst in
Gesellschaft nach Gebühr zu würdigen weiß. Nicht wahr,
Herr Marcandier?

Marcandier. Wie?

Carbonnel. Nun, lieber Freund, wenn Du die
Frau für einen so wunderbaren Arzt hältst, warum heira-
thest Du denn nicht?

Antonie. Das ist wahr.

Marcandier. Er heirathen! — Das fehlte mir
gerade noch!

Frontignac. Ich habe bescheidene Wünsche, gnädige
Frau, ich begnüge mich mit dem Nießbrauch.

Roquamor. So?

Carbonnel. Du könntest Dir aber doch eine Familie schaffen, Erben — —

Frontignac. Erbschaften, soviel Du willst; Erben,
nie! Hätte ich überhaupt eine Familie gehabt, nun so
hätte ich sie mir wohl oder übel gefallen lassen müssen,
ich habe aber keine und dem Himmel sei Dank! Der einzige Verwandte, den ich hatte, mein Bruder, ist vor unge-
fähr zwanzig Jahren in Amerika gestorben. Eine Familie,
Kinder! Friesel und Keuchhusten im Hause, später das
Colleg und die Schularbeiten und dann gar die Freuden
eines Großpapa's! Was hab' ich Ihnen denn eigentlich zu
Leide gethan?

Carbonnel. Hat man je einen solchen Egoisten gehört!

Frontignac. Egoist, meinetwegen! Aber der Egoismus ist überall. Die Liebe, Egoismus zu Zweien; Vaterschaft, Egoismus zu Dreien, zu Vieren, sogar zu Fünfzig wie beim alten Priamus; Nächstenliebe, Egoismus ohne Grenzen; Freundschaft, Egoismus ohne Dividende; unsere armselige Natur hat nur über ein kleines Sümmchen Zuneigung zu verfügen, vertheilt sie unter Frau, Kinder, Geliebte und Hausfreund, wieviel kommt dann schließlich auf Jeden? Nehmt dagegen eine Waise, namentlich einen Waisenknaben, beneidenswerthe Stellung! Nichts oben, nichts unten! Keine Verwandten, die auf sich warten lassen, keine, die auf Euch warten! Keine Vergangenheit, keine Zukunft! Nur Gegenwart!

Eveline. Er ist reizend!

Roquamor (bei Seite). Den Herrn will ich doch überwachen. (Man hört den Anfang eines Walzers.)

Antonie. Ah, der Walzer ruft, meine Herren — (man erhebt sich).

Frontignac (zu Madeleine). Also, ohne Widerruf, mein Fräulein?

Madeleine. Ohne Widerruf.

Antonie. Kommen Sie, liebes Kind, es wird Sie zerstreuen dem Tanze zuzusehen

Roquamor. Ich möchte wohl auch sehen, wie man bei mir tanzt.

Eveline (leise im Vorbeigehen zu Frontignac). Stanislaus — ich habe mit Ihnen zu reden.

Carbonnel (Antonie den Arm bietend). Schöne Frau — (Alle ab, außer Frontignac und Marcandier).

5. Scene.

Frontignac. Marcandier.

Frontignac (sich setzend. Athmet laut.)

Marcandier. Welch' Rednertalent! Ich habe Sie nie so beredt gesehen.

Frontignac. Ja, wenn man aus Ueberzeugung spricht. (Fächelt sich mit seinem Taschentuch.)

Marcandier. Sie sind in Schweiß gebadet.

Frontignac. Ein Bischen warm geworden, weiter nichts!

Marcandier (bei Seite). Eine Idee! Wenn ich vielleicht — (Laut.) Man erstickt hier — wenn man ein Fenster öffnete — was meinen Sie?

Frontignac. Nach Belieben.

Marcandier (öffnet ein Fenster und setzt sich neben Frontignac). So! Nun athmet man wieder auf.

Frontignac. Danke.

Marcandier (bei Seite). Ich will ihm nichts zu Leide thun — aber so eine kleine Brustentzündung könnte ihm nicht schaden. (Laut.) Nun? Athmen Sie jetzt freier?

Frontignac. Ja.

Marcandier (bei Seite). Warte nur! Es zieht schon ganz prächtig! (Laut.) Frontignac, soll ich mit mit Ihnen aufrichtig sprechen?

Frontignac. Ich bitte darum.

Marcandier. Sie ermüden sich zu sehr. Sie werden sich krank machen. (Frontignac sieht ihn erstaunt an. Bei Seite.) Was habe ich denn im Nacken? (Laut.) Sie wissen, welchen Antheil ich an Ihnen nehme. (Unterbrückt ein Niesen.)

Frontignac. Von zehn Procent.

Marcandier. Wer spricht denn davon? Sie wissen doch, das Herz hat bei mir immer das erste Wort. — (Unterbrückt wieder ein Niesen.)

Frontignac. Aber, lieber Herr Marcandier, wer wird sich denn unter Freunden geniren?

Marcandier. Ich — mich geniren? — (Wie vorher.)

Frontignac. Seit einer halben Stunde haben Sie Lust zu niesen, nur immer zu, das verstößt durchaus nicht gegen den guten Ton, mein Wort darauf —

Marcandier. Aber, ich versichere Ihnen — (Sucht immer noch an sich zu halten, bricht aber endlich in ein lautschallendes Niesen aus.)

Frontignac (lachend). Zur Gesundheit!

Marcandier (wüthend, aufstehend). Teufelskerl! Jetzt bin ich verschnupft. Brr — brr — (bei Seite.) Das kann auch nur mir zustoßen. (Ab und wiederholt niesend.)

6. Scene.

Frontignac. Dann Sabinien.

Frontignac (heiter). Der liebe Marcandier! bildet sich ein, ich durchschaue ihn nicht. (Lacht auf.) Das ist Alles recht schön, aber die Damen wollen wir keiner Erkältung aussetzen. — Schließen wir das Fenster. (Schließt es.) Sabinien (draußen). Nicht nöthig, mich anzumelden. (Tritt ein. — Bei Seite.) Das Schwierigste wäre geschehen, ich bin hier. Jetzt heißt es Madeleine finden und nicht dem Gastgeber in die Hände laufen, den ich natürlich nicht kenne.

Frontignac (nach vorn kommend, begegnet Sabinien, der ihn anstreift). He! Ungeschickter!

Sabinien (grüßend). Mein Herr!

Frontignac (bei Seite). Wo kommt denn der her?

Sabinien (bei Seite). Verlieren wir uns vorsichtig im Gedränge. (Links ab.)

7. Scene.

Frontignac. Antonie.

Frontigac (ihm nachsehend). Sonderbarer Kauz!

Antonie (durch die Mittelthür kommend). Wie, Herr von Frontignac, noch hier im kleinen Salon — fern von den Damen?

Frontignac. Eine geheime Ahnung, meine Gnädige, flüsterte mir zu, daß mir das Glück beschieden sei, Sie hier zu finden.

Antonie. Ihre Eigenliebe flüsterte Ihnen das zu.

Frontignac. Sagen Sie mein Herz.

Antonie. Wollen Sie wohl schweigen, wenn man Sie hörte! Dieser Salon ist an dergleichen Geständnisse nicht gewöhnt.

Frontignac. Nun gut, so werde ich leiser reden. (Nähert sich ihr).

Antonie. Mein Gemahl ist fürchterlich, der leiseste Verdacht und ich wäre verloren.

Frontignac. Unglücklicherweise, gnädige Frau, haben Sie sich nichts vorzuwerfen.

Antonie. Und Ihre Liebesversicherungen, denen ich Gehör geschenkt, ist das nicht genug? Irren Sie sich übrigens nicht, mein Herr, es ist nicht Madame Roquamor, die Sie anhört, sondern die Almosenspenderin, die Ihnen zu danken kommt für die großmüthige Gabe, die Sie ihren Armen geschenkt.

Frontignac. Für die fünfundzwanzig Concertbillets und meine fünfundzwanzig Louisd'or; aber, ich bitte, meine Gnädige, dafür bin ich Ihnen Dank schuldig. Ich ver= spreche Ihnen freilich nicht, mir die Musik anzuhören, aber bin ich nicht hundertfach belohnt durch das reizende Postscriptum, das sie die Gnade hatten, mit Ihrer Feen= hand dem Briefchen zuzufügen!

Antonie. Ein Postscriptum! Ah! — wirklich ich erinnere mich nicht.

Frontignac (mit Feuer). Sie hat's vergessen. „Kommen Sie eines Abends, das ist die Stunde, wo ich die empfange, die mich lieben."

Antonie. Wirklich! Das hätte ich geschrieben? (Bei Seite.) Wie unbesonnen!

Frontignac (sehr zärtlich). Ah, meine gnädige Frau, warum bin ich nicht einer Ihrer Armen, um auch einmal das Recht zu haben, eine milde Gabe von Ihnen zu er= flehen!

Antonie. Sprechen Sie wahr? Wie vielen Frauen haben Sie wohl schon vor mir dieselbe Sprache gehalten?

Frontignac. Und wenn dem so wäre! Wenn ich mit Andern das süße Zeitwort lieben conjugirt hätte! Was thut's? Wenn ich jetzt Sie liebe, ist das nicht ein

Beweis, daß ich Sie unter allen Andern für die Reizendste, die Anbetungswürdigste halte.

Antonie. Schweigen Sie!

Frontignac. Ach, gnädige Frau, in Ihrer Nähe weiß ich nicht mehr, was ich spreche, was ich thue — mein Kopf brennt, es ist nicht mehr Blut, was mir in den Adern fließt, es ist Feuer (küßt ihr die Hand).

Antonie. Aber, mein Herr! —

8. Scene.

Vorige. Savinien.

Savinien (erscheint in der Mittelthür im Augenblick. wo Frontignac die Hand Antoniens küßt). Oh!

Antonie (mit leichtem Schrei). Ah! (flüchtet nach links ab.)

9. Scene.

Frontignac. Savinien.

Frontignac. Zum Teufel! (Auf Savinien zugehend, sehr laut:) Mein Herr!

Savinien (sehr höflich). Das Spielzimmer ist hier nebenan, nicht wahr?

Frontignac. Ja, mein Herr. (Bei Seite.) Er hat vielleicht Nichts bemerkt!

Savinien (grüßend). Danke verbindlichst! (Bei Seite.) Ich habe sie noch nicht aufgefunden. (Ab.)

10. Scene.

Frontignac dann Eveline.

Frontignac (allein). Gleichviel! Der Herr mißfällt mir trotz seiner Höflichkeit. (Erblickt Eveline, die in der Mittelthür erscheint.) Eveline! die hatt' ich ganz vergessen. —

Eveline. Stanislaus — Sie lieben mich nicht mehr.

Frontignac. Leise, gnädige Frau, wenn man Sie hörte, dieser Salon ist dergleichen Geständnisse nicht gewöhnt.

Eveline. Keinen Scherz, Stanislaus, die Augenblicke

2

find kostbar. Dieses Dasein der Lüge und der List erdrückt mich, tödtet mich! Dem muß ein Ende gemacht werden. Gestern Abend, als mein Mann mir den Nachtkuß gab, da stieg mir die Röthe auf die Wangen — und die Vertrauensseligkeit, mit der er sich die Nachtmütze zurecht setzte, rührte mich tief, — er schien es zu bemerken und forschte sanft nach der Ursache meiner Verwirrung — schon stammelte ich — — ach, welche Pein! — noch eine solche Probe, und ich bin verloren, ich fühl's.

Frontignac. He!

Eveline. Es bleibt nur ein Mittel übrig, um diese Qual zu enden. Die Flucht. Lassen Sie uns unter anderem Himmel das Glück finden, das zu genießen uns hier nicht gestattet ist.

Frontignac. Ah, nein! ah, nein!

Eveline. Sie zögern?

Frontignac. Nicht im Geringsten; ich weigere mich.

Eveline. Ah, Stanislaus! Sie lieben mich nicht! Sie haben mich nie geliebt!

Frontignac (sehr pathetisch). Ah, Eveline, welches Wort sprechen Sie aus! Bedenken Sie wohl, daß Sie mein Herz zerreißen, das nur für Sie schlägt? (Bei Seite.) Vorhin war ich besser in meiner Rolle. (Laut, mit Feuer.) Ich liebe Sie nicht! Sie sagt, ich liebe sie nicht! — Wo fände ich wohl diese schönen Augen, diese himmlische Taille, dies anziehende weiße Händchen? — —

Eveline. Undankbarer! Da — (neigt ihm ihre Schulter)

Frontignac (bei Seite). Soll ich? (Umherblickend.) Niemand in der Nähe! Ab bah! das ist eine Antwort auf Alles — und kostet nichts! (Laut.) Ein Nacken, der zum Küssen herausfordert. (Küßt sie auf die Schulter.)

11. Scene.

Vorige. Savinien.

Savinien (hat den Kuß bemerkt). Ah!

Eveline (mit leichtem Schrei). Ah! (ab.)

12. Scene.

Sabinien. Frontignac.

Sabinien (bei Seite). Nummer 2.

Frontignac. Himmeldonner —! (rasch auf Savenien zugehend). Mein Herr —

Sabinien (sehr höflich grüßend). Mein Herr —

Frontignac. Sollten Sie etwa absichtlich —

Sabinien. Sie belieben? —

Frontignac. Absichtlich — mich — mich fortwährend grüßen — ich kenne Sie nicht.

Sabinien. Ich Sie auch nicht.

Frontignac. Ah! (Bei Seite.) Er mißfällt mir sehr. (Ab durch die Mitte.)

13. Scene.

Sabinien dann Roquamor.

Sabinien (allein). Der Herr verwendet seine Zeit nicht übel — unter solchen Umständen lasse ich mir schon die Gesellschaften gefallen — während ich — ah, die Lage eines jungen Mannes, der auf einen Ball kommt, ohne eingeladen zu sein, ist sehr unerquicklich — mir ist's immer, als sähe mich Jeder an und wolle mich zur Rede stellen, mit welchem Recht ich hier bin; ich gehe Allen aus dem Wege, besonders dem Herrn vom Hause. Ah was, wir Amerikaner schrecken vor Nichts zurück, wenn ich nur wenigstens Madeleine sehen würde. — Sie hat mir indeß versichert, sie käme hierher und deshalb — (erblickt Roquamor, der in der Mittelthür erscheint) Ah, da kommt Jemand!

Roquamor (zu einem Diener). Schont die Erfrischungen mehr.

Sabinien (bei Seite). Ah! der Wirth vom Hause. (dreht ihm den Rücken geflissentlich zu und trällert.)

Roquamor. Ah, ein Gast! Will doch sehen, ob ich wenigstens dessen Namen erfahren kann. (Grüßt Sabinien, der ihm fortwährend den Rücken zubreht.) Mein Herr!

Sabinien. Welcher Geschmack in den kleinsten Dingen!

2*

Welche Auswahl! Wirklich ein reizender Ball! Man merkt doch gleich, daß man sich bei einem Mann von Geist befindet.

Roquamor (bei Seite). Endlich einmal Einer, der höflich ist! (Laut.) Mein Herr!

Savinien (die Bilder an der Wand betrachtend). Und die prächtigen Bilder!

Roquamor (bei Seite). Er hat Geschmack, das sieht man; ich möchte nur wissen, warum er mir fortwährend den Rücken zuwendet! (Laut.) Mein Herr!

Savinien. Als wenn er lebte! man denkt jeden Augenblick, er will eine Fratze schneiden.

Roquamor. Was!

Savinien. Ein Affe!

Roquamor (wüthend). Mein Porträt!

Savinien (geht nach rechts ab). Oh weh!

Roquamor. Ein Affe! (Nach der Mittelthür gehend.) Ah, einmal und nicht wieder! (Im Abgehen.) Ein Affe!

14. Scene.

Savinien dann Madeleine.

Savinien (durch eine andere Thür kommend). Das muß den Leuten gesagt werden! jetzt wird er mir die Thüre weisen. (Madeleine erscheint in der Mittelthür.) Ah! Fräulein Madeleine!

Madeleine (nach vorn kommend). Herr Savinien!

Savinien. Endlich!

Madeleine. Sie haben sich also vorstellen lassen?

Savinien. Das heißt, ich habe mich selbst vorgestellt, und in einer sehr originellen Weise.

Madeleine. Indeß —

Savinien. Wir Söhne des freien Amerika's schrecken vor Nichts zurück, wir sind frei wie unser Mutterland. (Drückt sie in seine Arme.)

Madeleine (sich loswindend). Das sehe ich.

Savinien. Und um Sie zu erwarten, habe ich mich bereits sehr gelangweilt.

Madeleine. Und ich erst — (hält plötzlich inne).

Savinien. Nur heraus! Aber an Aufforderungen zum Tanze hat's Ihnen wohl nicht gefehlt?

Madeleine. Ich habe alle ausgeschlagen.

Savinien. Theure Madeleine. (Drückt sie in seine Arme.) Also kann ich den ersten Walzer bekommen?

Madeleine. Versteht sich.

Savinien. Die erste Polka?

Madeleine. Ja.

Savinien. Die erste Quadrille?

Madeleine (zeigt ihm ihr Tanzbuch). Ich habe es so eingerichtet, daß Ihnen alle Tänze bleiben. (Legt in der Zerstreutheit das Tanzbuch auf das Sopha.)

Savinien. Ach, wie gut Sie sind! Ich liebe Sie, Madeleine!

Madeleine. Wirklich?

Savinien. Seitdem ich Europa betreten, seitdem ich Sie gesehen.

Madeleine. Nun, mein Onkel ist hier, sprechen Sie mit ihm.

Savinien. Aber, aber — ich habe kein Vermögen, und keine Stellung —

Madeleine. Die brauche ich ja nicht.

Savinien. Sie ist reizend! Ihr Onkel wird sie brauchen, er — ach, wenn Sie wüßten, wie so ein Onkel hart ist —

Madeleine. Was wissen Sie, Sie haben ja keine Familie?

Savinien. Das ist wahr — indeß, doch, ja, auch ich habe einen Onkel, ich muß einen Onkel haben, wenn er nicht gestorben ist, aber wo? — Einen Onkel, den ich nie gesehen und der auch keine Ahnung von meinem Dasein hat, denn er weiß nicht einmal, daß sein Bruder verheirathet war.

Madeleine. Ich werde Ihnen kaum behilflich sein können, ihn ausfindig zu machen, da ich eben so wenig in Paris bekannt bin wie Sie. Armer Herr Savinien!

Savinien. Arm. Ach was! Ich bin guten Muth's und geliebt von dem reizendsten jungen Mädchen — Arm!
— Meine geliebte Madeleine — (man hört den Anfang eines

Walzers; er umschlingt ihre Taille) wenn ich Sie an mein Herz drücke, wenn — ah, meinethalben (küßt sie).

Madeleine. Ah! (Im Augenblick, wo Sabinien Madeleine küßt und sie mit sich fortzieht, erscheint Frontignac rechts. Sabinien und Madeleine ab.)

15. Scene.

Frontignac. Dann Carbonnel. Marquandier. Roquamor.

Frontignac (allein). Er auch! Das Boudoir scheint ein Filialtempel Cytheren's zu sein. Ah, der Schlingel! Und das kleine Fräulein, das einem Frontignac einen Tanz verweigert. Das soll ihr nicht so hingehen! Und das Bürschchen verdient eine kleine Lection — bis dahin — (setzt sich und findet das Tanzbuch Madeleine's) so, was ist denn das? Das Tanzbuch einer Dame — wem mag das wohl gehören? — laß' doch sehen. (Oeffnet es und springt auf.) Schön! ah, allerliebst! bravo! himmlisch! prächtig!

Marquandier (mit Roquamor und Carbonnel eintretend). Wirklich ganz allerliebst!

Roquamor. Einmal und nicht wieder.

Frontignac. He, Carbonnel, komm' doch mal her!

Carbonnel. Was giebt's denn?

Frontignac (zeigt ihm das Tanzbuch). Kennst Du das?

Carbonnel. Das Tanzbuch meiner Nichte.

Frontignac. Von Fräulein Madeleine, da komme ich gut an. Thut Nichts — sieh Dir doch die Namen der Tänzer ein wenig an.

Carbonnel. Wozu?

Frontignac. Lies nur, lies.

Carbonnel (lesend). Erste Quadrille, Herr Sabinien.

Frontignac. Weiter.

Carbonnel. Erste Polka, Herr Sabinien! — he?

Frontignac. Immer weiter.

Carbonnel. Erster Walzer, Herr Sabinien! — Ah bah!

Frontignac. Zweite Quadrille, Herr Sabinien. Zweite Polka, Herr Sabinien. Zweiter Walzer, Herr

Savinien. Nichts wie Herr Savinien, fünfunddreißig Mal Herr Savinien.

Carbonnel. Was soll das bedeuten?

Frontignac. Er fragt noch! Das kleine Büchlein sagt mehr als ein ganzer Foliant. Der Name, denk' ich, wird wohl auch einen Körper haben, ein Gesicht, vielleicht auch einen Schnurbart.

Carbonnel. Das will ich doch bald wissen.

12. Scene.

Vorige. Savinien (sehr geschäftig, sucht unter allen Möbeln).

Frontignac. Er! Teufel! Es konnte auch kein Anderer sein!

Savinien (bei Seite). Sie muß es hier gelassen haben.

Frontignac (bei Seite). Suche nur, Freundchen, suche!

Roquamor. Der Affe!

Marcandier. He, was für ein Affe?

Savinien (sieht das Tanzbuch in Frontignac's Händen, bei Seite). Ah! (Laut.) Entschuldigen Sie, mein Herr, Sie halten da Etwas, das —

Frontignac. Das Sie suchen?

Savinien Das ich suche.

Frontignac. Carbonnel, willst Du nicht den Herrn fragen, ob er vielleicht zufällig Savinien heißt — —

Carbonnel. In der That.

Savinien (zu Frontignac). Ich sehe, mein Herr, daß Sie die Indiscretion besitzen —

Carbonnel. Aber Savinien ist ein Vorname und vielleicht ist Herr Roquamor so freundlich, uns zu sagen —

Roquamor (herausplatzend). Ich? als ob ich Jeman- den kennte?

Frontignac. Ah, ich begreife. Man begegnet oft jungen Leuten, die sich in Gesellschaften einschmuggeln, man weiß nicht, woher sie kommen, noch wovon sie leben, — und die namentlich darauf bedacht sind, ihr Incognito zu wahren. —

Savinien. Mein Herr!

Marcandier (bei Seite). Gut. Die gerathen aneinander.

Roquamor (zu Savinien). Ihr Name, mein Herr?

Savinien. Sie haben das Recht, ihn zu kennen und Sie werden ihn auf der Karte lesen, die ich die Ehre haben werde, diesem Herrn (auf Frontignac zeigend) zu geben.

Marcandier (bei Seite). Eine Herausforderung.

Savinien (zu Frontignac). Was Sie betrifft, mein Herr, so werde ich Sie lehren, daß die Geheimnisse einer jungen Dame eine geheiligte Sache sind. Uebrigens hätte ich wohl, nach dem, was ich von Ihnen gesehen, mehr Discretion über das, was Sie von mir gesehen, erwarten dürfen.

Frontignac. Mein Herr!

Roquamor. Was hat er gesehen?

Marcandier. Was hat er gesehen?

Carbonnel. Ruhig Blut! ruhig Blut!

Frontignac. Ich werde dem jungen Herrn lehren —

Savinien. Und ich dem alten Herrn —

Frontignac. Ah, genug, mein Herr — hier meine Karte.

Savinien. Und hier die meine — (tauschen ihre Karten aus).

Roquamor. Meine Herren, bei mir, dieser Auftritt!

Frontignac (zerknittert die Karte Savinien's, liest sie, erstaunt und giebt sie ihm zurück). Ein Irrthum, mein Herr!

Savinien (der dasselbe gethan). So ist's. (Tauschen wieder die Karten aus.)

Frontignac (wie vorher). Nochmals!

Savinien (ebenso). He! (Tauschen zum dritten Mal die Karte.)

Frontignac (lesend). Savinien von Frontignac!

Savinien (lesend). S. von Frontignac!

Frontignac. Zum Henkel! Es giebt nur einen Frontignac, und der bin ich!

Savinien. Und ich, wenn Sie erlauben: Savinien von Frontignac, Sohn von Joseph von Frontignac.

Frontignac (verblüfft). Vor zwanzig Jahren in New-York gestorben.

Savenien. Derselbe.

Frontignac (plötzlich taumelnd). Mein Neffe!

Savenien. Mein Onkel!

Roquamor. Marcandier. Corbonnel. Sein Neffe!

18. Scene.

Vorige. Antonie. Eveliue. Madeleine. Gäste (vom Lärm angezogen).

Antonie. Was giebt's denn?

Roquamor. Der Herr ist Onkel geworden.

Frontignac. Ein Neffe!

Marcandier (zu Eveline). Komm; überlassen wir sie den Familienfreuden.

Carbonnel (Madeleine den Arm gebend). Kommen Sie, mein Fräulein, wir haben mit einander zu reden. (Allgemeiner Aufbruch.)

Frontignac (immer noch wie vernichtet). Onkel! ich bin Onkel!

Erster Gast (giebt Roquamor ein Geldstück und eine Marke). Da, Freundchen, 20 Sous, bringen Sie mir meinen Ueberzieher.

Roquamor (wüthend). Oh!.

Der Vorhang fällt.

Zweiter Akt.

Bei Frontignac. Mittel- und Seitenthüren.

1. Scene.

Frontignac, dann Dominique.

Frontignac (in elegantem Hausrock, kommt von rechts und ruft): Dominique!

Dominique (draußen). Gnädiger Herr!

Frontignac. Dominique!

Dominique (draußen). Gnädiger Herr!

Frontignac. Zum Donnerwetter! — ich höre wohl Dein „Gnädiger Herr!" das genügt mir aber nicht. (Schreiend.) Dominique!

Dominique (erscheint links in der Thür). Sollten mich der gnädige Herr etwa gerufen haben?

Frontignac. Seit einer Stunde.

Dominique. Ich habe gehört. — Der Herr haben wohl schlecht geschlafen?

Frontignac. Ich hab — ich habe — was geht das Dich an. Ich erwarte Besuch zum Frühstück.

Dominique. Eine Dame?

Frontignac. Nein!

Dominique. Einen Herrn?

Frontignac. Nein!

Dominique (verwundert). Nun, wen denn sonst? (Etwas verletzt.) Der gnädige Herr haben Geheimnisse.

Frontignac! Es ist weder eine Dame, noch ein Herr, es ist — ein Neffe!

Dominique. Der Herr belieben zu scherzen.

Frontignac. Ich scherze nicht.

Dominique. Ich weiß ja doch, daß der Gnädige Herr eine Waise ist wie Adam und darum auch keinen Neffen haben können — ein Mündel, wäre eher möglich.

Frontignac (seufzend). Du weißt mich wenigstens zu schätzen!

Dominique. Der Herr spricht also im Ernst? — Ah, das kann ja gar nicht sein — das wäre übrigens auch ganz gegen unsere Verabredung.

Frontignac. Was soll das, Herr Dominique?

Dominique. Es ist wahr! Einen Junggesellen zum Herrn haben, ist schon nicht sehr vortheilhaft, nun noch Onkel zu werden — gefällt mir gar nicht.

Frontignac. Wenn Du vielleicht glaubst, daß mir das gefällt! Ein Schlingel von Neffe. Kommt aus Amerika und fällt mir unvorbereitet in's Haus. Das Wenigste, was ich für ihn thun kann, ist, daß ich ihn zum Frühstück einlade — und ich erwarte ihn —

Dominique. Ach so! meinetwegen! — Aber Sie hätten mich doch wenigstens vorher fragen können —

Frontignac. Das nächste Mal.

Dominique. Und was soll ich serviren?

Frontignac. Ah! — ein bescheidenes Frühstück — das Allernöthigste meinetwegen — Du begreifst, ich muß doch meinen Neffen empfangen, ich empfange ihn und damit basta! —

Dominique. Schön — und welche Sorte Wein?

Frontignac. Den Beaujolais, der eben auf Flaschen gezogen worden.

Dominique. Alle Wetter! — der ist jung.

Frontignac. Mein Neffe ist auch jung. (Es klingelt.) Das ist er wahrscheinlich, mach, auf.

Dominiqne. Zu Befehl, Gnädiger Herr! (bei Seite) Wozu wir einen Neffen brauchen? (Ab.)

2. Scene.

Frontignac. Dann **Dominique** und **Savinien.**

Frontignac (allein). Man hat Pflichten gegen seine Familie! Verfahren wir also mit Anstand, aber ohne Enthusiasmus.

Dominique (meldend). Herr Savinien von Frontignac.

Frontignac. Bringe das Frühstück!

Dominique. Zu Befehl. (Bei Seite.) Konnte er nicht in Amerika bleiben? (Ab.)

Savinien (sehr gemüthlich). Guten Morgen, lieber Onkel! (Drückt ihm die Hand.)

Frontignac (etwas frostig). Guten Morgen, Neffe! (Bei Seite.) Onkel! — Onkel! — kann das Wort nicht leiden — das macht mich alt — —

Savinien. Ich störe Sie doch nicht?

Frontignac. Nein!

Savinien. Sie müssen doch zugeben, lieber Onkel, unsre Bekanntschaft hat sich in höchst origineller Weise gemacht. Wie ungeschickt von mir, Sie in zwei allerliebsten tête-à-tête zu stören! — Sie haben mich gewiß zu allen Teufeln gewünscht, nicht wahr?

Frontignac. Das heißt —

Savinien. Ah, nur heraus mit der Sprache, nicht genirt. Sie hätten ganz Recht gehabt —

Frontignac. Ich gestehe, im ersten Augenblick war mir das höllisch fatal — wie eine Douche, aber jetzt —

Savinien. Jetzt?

Frontignac. Jetzt habe ich mich erholt. Und es scheint mir sogar, als wenn das Wiederfinden eines Neffen den Magen reizt, denn ich verspüre einen starken Appetit.

Savinien. Grade wie ich — wir sympathisiren —

Frontignac (rufend). Dominique!

Dominique (erscheint mit einem Tisch). Das Frühstück, gnädiger Herr.

Frontignac. Allo, Herr Neffe, zu Tische! —

Savinien. Zu Tische!

Frontignac (bei Seite). Wahrhaftig — er scheint mir ganz gemüthlich, und da ich nun einmal einen Neffen erben soll — lieber den, als einen Anderen.

Savinien (bei Seite). Ein Original, mein Onkel — aber im Grunde ein prächtiger Kerl.

Frontignac. Was hat nur meinen Bruder auf die Idee gebracht, mir weder seine Heirath, noch die Geburt seines Sohnes mitzutheilen?

Savinien. Lieber Onkel, ich konnte das doch nicht selbst thun —

Frontignac. Freilich, freilich!

Savinien. Auf Ihre Gesundheit, Onkel — — (trinkt und schneidet ein Gesicht).

Frontignac (bei Seite). Mein Beaujolais scheint doch etwas jung, (halblaut) hm, hm, Dominique!

Dominique. Gnädiger Herr! —

Frontignac (halbleise). Könntest Du uns nicht viel= leicht etwas Besseres bringen — — Beaune zum Beispiel?

Dominique. Ich dächte aber doch, gnädiger Herr, für einen Neffen!

Frontignac. Ganz recht, aber ich habe nicht daran gedacht, daß ich auch trinke.

Dominique. Allerdings, also Beaune.

Savinien (der gehört). Ah, bitte, nein, nein, für mich keine Umstände, das Weinchen genügt. Ich mag durch= aus nicht das Geringste an Ihrer Lebensweise ändern.

Frontignac. Wie?

Savinien. Ah, lieber Onkel, nur unter dieser Be= dingung mache ich Frieden mit Ihnen.

Frontignac. Wie? Was?

Savinien. Ich verlange Nichts von Ihnen, will Nichts von Ihnen, Sie haben sich Ihr Leben eingerichtet, ich will nichts aus der Ordnung bringen — Lebensgefährte mit Vergnügen, Friedensstörer nimmermehr!

Frontignac (bei Seite). Sieh, sieh! Lebensgefährte! das Wort gefällt mir besser, das macht jung. (Dominique erscheint und stellt eine Flasche auf den Tisch. Laut.) Auf das Wohl meines Neffen. (Schenkt ihm ein.)

Savinien. Auf Ihr Wohl. (Trinkt.) Ah, den laß'
ich mir gefallen.

Frontignac. Glaub's wohl! — Ich gebe zu, daß,
wenn man in meine Jahre gekommen ist, obwohl die sich
noch zählen lassen, man gewisse Gewohnheiten liebgewonnen
hat, die man ungern aufgiebt — indeß in Anbetracht der
neuen Pflichten —

Savinien. Pflichten! wie so denn? — Nun, ich
will nicht hoffen, daß ich es bin, der Sie Ihnen auferlegt.
Lieber Onkel, wenn Sie noch ein Wort über den Punkt
fallen lassen, dann, gesegnete Mahlzeit und ich gehe.

Frontignac. Wahrhaftig! er ist — Du bist ein
prächtiger Junge! — ja! — laß Dich duzen — willst
Du? —

Savinien (ihm die Hand drückend). Ja, das freut mich.

Frontignac. Und Du mich auch. Alle Wetter!
— eben noch war ich wüthend — und jetzt bin ich entzückt. Auf Ehre! — er fehlte mir — Du fehltest mir.

Savinien. Onkel! —

Frontignac. Und wenn ich ihn mir bestellt hätte,
er könnte nicht besser sein — hm! hm! — Dominique?

Dominique. Gnädiger Herr!

Frontignac. Dominique — bring' uns eine Flasche
Chambertin.

Dominique. He!

Frontignac. Zwei! — wenn Du noch lange redest —

Dominique. Schon gut — schon gut! — (bei Seite)
Was will er denn eigentlich von ihm? (Ab.)

Savinien. Mir scheint, lieber Onkel, Sie nehmen
das Leben von der heitern Seite —

Frontignac. Lieber Junge, ich bin kein Griesgram!
— Und siehst Du, das Weib ist ein so reizendes Wesen
mit allen seinen Fehlern und Lastern — sage mir, liebt
man in Amerika auch? —

Savinien. Gewiß.

Frontignac. Recht so! — Findest Du nicht auch,
daß das Weib drei Viertheile seiner Reize dem Rahmen
verdankt, mit dem man's umgiebt? — Zwanzig Jahre
wollen bei hellem Tageslicht bewundert sein, dreißig Jahre

bei Kerzenschein und vierzig bei Nacht. Für die Blondine ein Tempel mit blauem Damast, für die Brünette ein heiligthum von gelbem Damast — sieh'st Du, hinter dieser Thüre, sind der gelbe und der blaue Tempel.

Savinien. Haha!

Frontignac. Lache, so viel Du willst — ich sage Dir, nicht für 20,000 Francs gebe ich diese Wohnung her.

Dominique (eintretend). Da ist der Chambertin. (Frontignac schenkt Savinien ein.)

Savinien (trinkt). Prächtiger Chambertin, Onkel —

Frontignac. Nicht wahr? — und jetzt eine Cigarre —

Savinien (zieht sein Cigarrenetui hervor). Halt! — versuchen Sie die Sorte (bietet ihm an).

Frontignac (sie anzündend). Excellent!

Savinien. Ich habe zwei Kisten davon für Sie mitgebracht, lieber Onkel.

Frontignac. Windbeutel! Kanntest mich ja gar nicht. — Aber da schwatze ich nun schon eine Stunde, ohne von Dir zu reden — von Deinen Projecten — also sage mir, was machst Du eigentlich?

Savinien. Was man machen muß, um jährlich 1800 Francs zu verdienen.

Frontignac. Teufel, das muß eine saure Arbeit sein. — Ich möchte was für Dich thun?

Savinien. Bitte, lieber Onkel, wir haben ausgemacht, den Punkt nicht zu berühren — ich habe Sie nicht aufgesucht, sondern bin Ihnen in's Haus geschneit.

Frontignac. Aber ich kann doch nicht zugeben —

Savinien. Nichts da, lieber Onkel, Ihr Geld mag ich nicht — aber einen großen Dienst könnten Sie mir erweisen —

Frontignac. Sprich — schnell!

Savinien. Ein junges Mädchen — —

Frontignac. Das Du liebst — und das Dich liebt — verstehe — wird entführt.

Savinien. Das heißt —

Frontignac. Wird entführt — blauen oder gelben Tempel?

Savinien. Nein, ich will vorher erst ein anderes Mittel versuchen — ich will sie heirathen.

Frontignac. Heirathen? Du? — ein Amerikaner, ein Junge in Deinen Jahren und lautere Absichten.

Savinien. In Amerika kennt man keine anderen.

Frontignac. Geh' in meine Schule und Du sollst die anderen kennen lernen.

Savinien. Nein, lieber Onkel, niemals — übrigens bin ich rasend verliebt.

Frontignac. Grund mehr zu lustigen Streichen —

Savinien. Lustige Streiche? — Oh! — soviel Sie wollen — aber — aber — wie sie sagten — in guter Absicht.

Frontignac (ärgerlich). Das ist wenigstens originell. Meinetwegen also — und welchen Dienst soll ich Dir dabei leisten?

Savinien. Sie kennen doch Madeleines Onkel — Herrn Carbonnel? —

Frontignac. Ob ich ihn kenne! ein alter Sünder wie ich. — Er wohnt hier im selben Hause, eine Etage über mir — Savinien.

Savinien. Lieber Onkel — —

Frontignac. Also wirklich Dein voller Ernst. Eins — zwei — drei — keine Scrupel.

Savinien. Nein!

Frontgnac. Zugeschlagen! (Zu Dominique.) Bitte Herrn Carbonnel, herunter zu kommen. (Dominique ab.)

Savinien. Was wollen Sie?

Frontignac. Deinen Antrag machen, alle Wetter! Trittst Du zurück? Kommst Du zu besserer Einsicht? — Nein! — Also laß' mich nur machen.

Savinien. Wenn Sie sie aber compromittiren —

Frontignac. Ein Geschäft! Niemals! Die Frauen, das mag sein.

3. Scene.

Frontignac. Savinien. Carbonnel.

Carbonnel. Du hast mich rufen lassen! Ah sieh da, Dein Neffe aus Amerika, charmanter Herr.

Savinien. Mein Herr!

Frontignac. Findest Du wirklich?

Carbonnel. Auf Wort!

Frontignac. Bedenke wohl, was Du sprichst! Du sagtest eben von meinem Neffen Savinien: charmanter Herr. Ich will Dich nicht beeinflussen. Sieh Dir ihn an, (zu Savinien) dreh' Dich um, so — und jetzt, marsch!

Savinien. Aber — —

Frontignac. Haft Du's Gehen vielleicht verlernt?

Carbonnel. Aber sag' mir nur — — —

Frontignac. Bift Du noch derselben Meinung?

Carbonnel. Welche Meinung?

Frontignac. Daß er charmant ist!

Carbonnel. Gewiß!

Frontignac. Sieh' nur, wie der gebaut ist — ein echter Frontignac, zurück aus Amerika — breite Brust, guter Magen, fest auf den Füßen, zweiunddreißig Zähne, nicht einen mehr.

Carbonnel. Ist er vielleicht zu verkaufen?

Frontignac. Wie Du sagst! (Zu Savinien.) Kannst Dich jetzt setzen. (Zu Carbonnel.) Und somit habe ich die Ehre, bei Dir für meinen Neffen Savinien von Frontignac um die Hand Deiner Nichte, Fräulein Madeleine, anzuhalten.

Carbonnel. Ah bah!

Savinien. Lieber Onkel!

Frontignac. Nun?

Carbonnel. Aber —

Frontignac. Du willigst ein? Schau! Ich wußte es wohl — bei unserer alten Freundschaft! — Savinien, umarme Deinen neuen Onkel.

Savinien. Ja, ist's denn wirklich wahr?

Carbonnel. Aber, bitte, erlauben Sie junger Mann.

Frontignac. Was denn?

Carbonnel. Zum Teufel auch!

Frontignac. Nun, was denn?

Carbonnel. Laß' mich doch nur zu Athem kommen.

Frontignac. Meinetwegen, aber mach' schnell.

3

Carbonnel. Eine sonderbare Manier, von mir die Hand meiner Nichte zu verlangen.

Frontignac. Die beste Manier; habe ich Dir etwa das Messer an die Kehle gesetzt? — Nun also — rasch. — Deinen Entschluß.

Carbonnel. Vorerst, wo hat denn Herr Savenien Madeleine kennen gelernt?

Frontignac. In Havre — weiter?

Carbonnel. Weiter — weiter — nun ja doch, er ist ein ganz charmanter Bursche — ich wiederhole das.

Frontignac. Wissen wir bereits —

Carbonnel. Nun ja doch! — ich gebe zu — er gefällt mir ganz gut, zudem ist er Dein Neffe! —

Frontignac. Savinien, (auf Carbonnel zeigend) umarmen — —

Savinien. Ah! werther Herr — —

Frontignac (zu Savinien). Und jetzt gehst Du hinauf zu Carbonnel, fragst nach Fräulein Madeleine und sagst ihr, daß sie einen prächtigen Onkel hat, einen ganz unvergleichlichen Onkel und bringst sie hierher — ich muß doch meine Nichte umarmen — Saprifti — ich hab's redlich verdient. (Savinien stürzt durch die Mittelthür.)

Carbonnel, Was sagst Du! Was redest Du da! Aber nicht doch! nicht doch! — Ist das eine Art, Geschäfte abzumachen?

Frontignnac. Du lieber Gott! — Die Kinder haben's eilig glücklich zu werden.

Carbonnel. Meinetwegen, wenn es ihr Glück ist. Jetzt handelt sich's aber um die Vermögensfrage.

Frontignac. Ist das gar so nöthig? Sie lieben sich und verlangen nichts weiter.

Carbonnel. Darum ist's eben an uns, vernünftig zu sein, wenn sie es nicht sind. Meine Nichte hat nur ein bescheidenes Vermögen, ein kleines Gütchen in der Normandie. Und Dein Neffe?

Frontignac. Savinien, er besitzt nichts.

Carbonnel. Wie!

Frontignac. Ich sage er besitzt nichts! — Das

ift doch kein Hinderniß! — Haft Du denn nie geliebt, Carbonnel?

Carbonnel. Von mir ift hier nicht die Rede, fondern von Madeleine — und das ändert natürlich die ganze Sache.

Frontignac. Nun — und ich? — bin ich nicht da?

Carbonnel. Ja, warum fagft Du denn das nicht gleich — na, was giebft Du denn Deinem Neffen mit?

Frontignac. Ah! Sacrebleu — da fällt mir ein — ich habe ja Nichts — ich habe ja Alles auf Leibrente gegeben —

Carbonnel. Was fagft Du da?

Frontignac. Da habe ich eine gute Idee gehabt — mein armer Savinien — Alter Egoift der ich bin! — Aber hatte ich denn eine Ahnung!

Carbonnel. Ah, dann freilich — —

Frontignac. Ah, fei außer Sorge — wenn ich auch kein Capital habe — aber die Zinfen habe ich, und die will ich ehrlich mit Savinien theilen.

Carbonnel. Bei Lebzeiten, fchön; — aber fpäter.

Frontignac. Sei ganz ruhig — ich habe nicht die geringfte Luft, zu —

4. Scene.

Vorige. Savinien (führt Madeleine herein).

Savinien. Theure Madeleine, laß' uns Deinem Onkel danken.

Carbonnel. Unnöthig — 's wird nichts d'raus!

Frontignac. Was?

Madeleine. Lieber Onkel!

Carbonnel. Ich ziehe mein Wort zurück.

Savinien. Aber, mein Herr! O meine arme Madeleine (küßt fie).

Carbonnel. Unterftehen Sie fich nicht, meine Nichte zu küffen! — das wäre mir —

Frontignac. Carbonnel! — diefe Thränen rühren Dich nicht? —

Madeleine. Ich werde mich nie tröften.

Carbonnel (sie von einander losmachend). Er respektirt
Nichts, dieser Amerikaner! Donnerwetter! das ist zu stark!
Ihr Tod. Wie Sie wollen, mein lieber Herr, aber meine
Nichte bekommen Sie nicht. (Carbonnel und Madeleine ab.)

5. Scene.

Frontignac. Savinien.

Frontignac, Das sollst Du mir bezahlen, alter
Sünder!

Savinien. Aber lieber Onkel, werden Sie mir die
Ursache dieser plötzlichen Veränderung sagen? Vor einer
Viertelstunde willigte Herr Carbonnel in dieseHeirath und
jetzt auf einmal raubt er mir jede Hoffnung.

Frontignac. Er wird sich's noch überlegen.

Savinien. Was hat ihn zu dieser Sinnesänderung
gebracht?

Frontignac. Was? — ich habe keine Ahnung!

Savinien. Wirklich nicht, lieber Onkel?

Frontignac. Auf Wort — doch halt! nein, ich
vermuthe —

Savinien. Und was?

Frontignac. Höre, Savinien, aber Du mußt mir
nicht böse werden. Erstens konnte ich nicht ahnen, daß ich
so plötzlich einen Neffen bekomme — ein Neffe, der mir
gefällt, den ich liebe — heute, siehst Du, — heute bin ich
untröstlich — und wenn ich zurück könnte — aber es ist
zu spät —

Savinien. Ja, aber, was denn, Onkel? —

Frontignac. Ah, siehst Du, Junge, ich bin ein großer
Egoist —

Savinien. Nun — und —

Frontignac. Savinien — Junge — Du wirst mir
aber doch nicht böse?

Savinien. Nein doch! — nein! — Tausendmal
nein! —

Frontignac. So höre denn: ich habe mein ganzes
Vermögen auf Leibrente gegeben, siehst Du, wenn ich ge-
wußt hätte —

Savinien (ihn unterbrechend). Aber, lieber Onkel, — wozu denn die Entschuldigungen? — Sind Sie nicht ihr eigner Herr?

Frontignac. Ich weiß das wohl! Aber es ist doch immer hart, in dem Augenblicke, wo ein kleines Opfer hingereicht hätte, Dir Dein Glück zu sichern, so Nichts, so gar nichts dazu thun zu können. — Ich habe 30000 Frcs. Renten, die man mit mir begraben wird.

Savinien. Vortreffliche Idee, die wird sie lange am Leben erhalten.

Frontignac. Was — und Du bist mir nicht böse?

Savinien. Ich! — Alles was ich von Ihnen er-bitte, ist Ihre Zuneigung — nichts weiter.

Frontignac. Warum begnügt sich dieser Carbonnel nicht damit?

Savinien. Das finde ich begreiflich!

Frontignac. Laß gut sein, mein Junge. — Was Du mir eben gesagt hast, das vergesse ich nicht. — Vor allen Dingen theilen wir mit einander und dann wollen wir schon ein Mittel finden, daß Du Madeleine heim-führst.

Savinien. Sie hoffen immer noch?

Frontignac. Ob ich hoffe? — Ich will's meinen! — Sie ist allerliebst, die Kleine! Laß mich nur machen, ich will jetzt zu meinem Notar gehen und ehe zwei Stun-den vergehen, hoffe ich Dir gute Nachricht zu bringen. — Also, wirklich — Du bist mir nicht böse? —

Savinien. Sie sind der beste aller Onkel — auf Wiedersehen, lieber Onkel!

Frontignac. In zwei Stunden — und den Muth nicht sinken lassen! (Savinien ab.)

5. Scene.

Frontignac. Dann Dominique.

Frontignac (allein). Wenn ich nur wüßte, wie ich das anfangen soll! — Alter Egoist, der immer nur an sich gedacht, wenn Dir gestern Einer gesagt hätte, daß Du heute mit Deinem ganzen früheren Lebenswandel brechen würdeſt für einen Neffen, den Du kaum kennſt, dem würdeſt Du in's Geſicht gelacht haben. — Die Familie! man lacht darüber, aber wenn ſie da iſt, dann ſieht es doch anders aus. Ich liebe meinen Neffen, das mag dumm ſein, aber ich liebe ihn. Und wir wollen doch mal ſehen, was zu machen iſt. — Dominique!

Dominique (eintretend). Der Herr haben gerufen —

Frontignac. Anziehen — ich will ausgehen —

Dominique. Schon! — Es iſt noch nicht Mittag.

Frontignac. Das ſtört Dich wohl?

Dominique· So, ſo. Ich bin bei einem Junggeſellen in Dienſt getreten und bin jetzt mit einem Male bei einem Familienvater, — das hat ſein Unangenehmes.

Frontignac. Gut! — Ein anderes Mal werde ich erſt Herrn Dominique befragen; bis dahin, meinen Hut — —

Dominique (reicht ihm einen grauen Hut). Da, gnädiger Herr! —

Frontignac. Einen grauen Hut, wenn es regnet! Biſt Du toll — gieb mir einen ſchwarzen —

Dominique. Der gnädige Herr wiſſen doch, daß Sie keinen mehr haben. Den letzten haben Sie beinahe einen Monat getragen, ich habe ihn verkauft —

Frontignac. Auch gut!

Dominique. Ebenſo die Röcke, Handſchuhe und Kravatten. — Gewöhnlich bedenken die Herrſchaften die Diener in ihrem Teſtamente — da aber der gnädige Herr ſich auf Leibrente geſetzt haben, ſo iſt es, denk' ich, nicht mehr als billig —

Frontignac. Erbärmlich, aber logiſch! (Zu Dominique.) Ein anderes Mal ſprechen wir darüber, Herr Dominique, ein anderes Mal. (Ab.)

7. Scene.

Dominique. Dann Marcandier.

Dominique (allein). Dieſe alten Junggeſellen, ſie denken nur an ſich. — Egoiſten! — Wir brauchten gerade einen Neffen aus Amerika. Das soll ein so schönes Land sein; warum ist er nicht dort geblieben? —

Marcandier (eintretend). Ist Herr von Frontignac zu Hause? —

Dominique. Ah, der liebe Herr Marcandier, und das Befinden?

Marcandier. Danke! — Und Dein Herr?

Dominique. Ist bei der Toilettte.

Marcandier. Ich will ihn nicht stören, ich habe Zeit zu warten (bei Seite) und hätte wohl Lust, einige kleine Erkundigungen einzuziehen. (Laut.) Wie geht's dem lieben Frontignac?

Dominique. Recht schlecht, und Sie?

Marcandier. Desto besser, desto besser. Er übermüdet sich wohl sehr?

Dominique. Nein.

Marcandier. Desto besser! Sollte sich übrigens pflegen, wir sind Alle sterblich.

Dominique. Sich pflegen, der, da kommen Sie an den Rechten. Der bloße Anblick eines Arztes reicht hin, ihn krank zu machen.

Marcandier. Wer spricht denn von einem Arzte? Man muß ihn pflegen, ohne daß er es gewahr wird, durch eine gesunde, stärkende Lebensweise. Trägt er Flanell?

Dominique. Nein.

Marcandier. Sehr gut! Flanell, das ist auch eine Erfindung der Aerzte, um ihre Patienten zu vermehren. Das reizt die Haut und erzeugt Rheumatismus.

Dominique. Ah!

Marcandier. Wenn er des Abends matt und fröstelnd nach Hause kommt, so nimmt er wohl etwas Stärkendes zu sich?

Dominique. Nein.

Marcandier. Wie unvorsichtig! In solchem Falle giebt's nichts Besseres als ein Gläschen Absynth, das wärmt und bringt das Blut in Umlauf.

Dominique. Ah, wirklich!

Marcandier. Das weiß jedes Kind, die Aerzte natürlich nicht; das paßt nicht in ihren Kram.

Dominique. Das will ich mir doch merken, (bei Seite) und das Mittelchen zuerst an mir selbst versuchen. (Laut.) Also, daß wir Nichts vergessen: erstens keinen Flanell!

Marcandier. Nein.

Dominique. Jeden Abend ein kleines Glas Absynth.

Marcandier. Aber nicht zu klein! Du kannst sogar jeden Morgen eins hinzufügen.

Dominique. Schön! Sagen wir also zwei!

Marcandier. Wenn dem lieben Frontignac irgend ein Unglück zustoßen sollte, ich wäre untröstlich!

Dominique. Ach, welches Glück für meinen Herrn, einen so aufrichtigen, theilnehmenden Freund zu haben!

Marcandier. Und so einen klugen Diener!

Dominique. Ah, da kommt mein Herr.

Marcandier. Kein Wort von dem, was ich Dir gesagt!

Dominique. Ich glaube wohl! (Ab.)

8. Scene.

Marcandier. Frontignac.

Frontignac (von rechts kommend). Herr Marcandier.

Marcandier (bei Seite). Gesund wie ein Eichbaum! Aber nur Geduld, Geduld! (Laut.) Lieber Herr von Frontignac, ich störe doch nicht?

Frontignac. Ich wollte ausgehen, aber das eilt nicht.

Marcandier. Ich bringe Ihnen Ihre Vierteljahrsrente.

Frontignac. Pünktlich wie ein Gläubiger.

Marcandier. Ohne Vorwurf, aber das dauert nun schon zehn Jahre.

Frontignac. Kein Vorwurf, das ist himmlisch.

Marcandier. In fünf Jahren verliere ich und in zehn Jahren bin ich ruinirt.

Frontignac (ungläubig). So, so!

Marcandier. Wie ich Ihnen sage.

Frontignac. Nun, da sehe ich kein anderes Mittel, als mir in einem Gehölze aufzulauern.

Marcandier. Und die Justiz?

Frontignac. Freilich, an die habe ich nicht gedacht. Sie betrachten die Sache von der positiven Seite, Herr Marcandier.

Marcandier. Geschäftsübung! — Gleichviel, an den dummen Streich, den ich gemacht, werde ich mich lange erinnern.

Frontignac (bei Seite). Halt! ein Gedanke! Warum habe ich nicht gleich daran gedacht! (Laut.) Also, Sie kennen unsern Vertrag, Herr Marcandier!

Marcandier. Ja.

Frontignac. Und wenn ich Ihnen vorschlagen würde, ihn rückgängig zu machen!

Marcandier. Ha, wie sagen Sie?

Frontignac. Nun, find Sie einverstanden?

Marcandier. Er fragt noch! — Aber betrachten Sie sich doch nur, Unglücksmensch!

Frontignac. Nun und ich, ich habe unbedingt Geld nöthig, baares Geld.

Marcandier (bei Seite). Ah, unbedingt —

Frontignac. Also, wenn Sie wollen, so zahlen Sie mir mein Kapital zurück und Sie dürfen mir keine Rente mehr zahlen.

Marcandier. Nicht so rasch! Ihre 300000 Frcs.? — Sie schlagen mir da einen schlechten Handel vor.

Frontignac. Für mich, ich weiß wohl!

Marcandier. Für Sie! Sie spaßen! Ihr Aussehen ist schon nicht das Beste, mein lieber Herr.

Frontignac. Wie so?

Marcandier. Und einen oder den andern Tag könnte ich mich schon der Hoffnung hingeben —

Frontignac. Wollen Sie wohl gleich still sein! Glauben Sie vielleicht, daß Sie mir da etwas sehr Erfreuliches sagen. — —

Marcandier. Nun, Sie können doch nicht leugnen, daß unser Contrakt bereits seit zehn Jahren in Kraft steht und daß Sie folglich heute zehn Jahre älter sind als damals.

Frontignac. Mit andern Worten: Sie wollen nicht?

Marcandier. Wer hat denn das gesagt? (Bei Seite.) Er hat unbedingt Geld nöthig. — (Laut.) Und da ist es doch nicht mehr als billig, daß wir eine kleine Reduzirung vornehmen. Zum Beispiel zweihundert statt dreihundert, paßt Ihnen das?

Frontignac. Zweihundert, — meinetwegen.

Marcandier (bei Seite). Er hat schnell angenommen. Ich habe zuviel geboten; aber immerhin, bei dem Körperbau riskire ich zu viel.

Frontignac. Also es bleibt dabei? Und wie machen wir das?

Marcandier. Nun, vorläufig einen kleinen schriftlichen Akt, gleich hier.

Frontignac (aufstehend). Da ist Feder, Dinte und Papier.

9. Scene.
Vorige. Dann Dominique.

Frontignac (bei Seite). Die Sache wäre also in Ordnung, das wird freilich meine Lebensweise ein wenig über den Haufen stoßen, aber, was da! Savinien ist ein so prächtiger Junge!

Dominique (geheimnißvoll eintretend). Gnädiger Herr!

Frontignac (leise). Nun, was giebt's denn?

Dominique. Eine Dame! Blaues Boudoir!

Frontignac. Blondine?

Dominique. Unbekannt!

Frontignac (zu Marcandier). Lieber Freund, gehen Sie doch in meine Bibliothek, Sie sind dort ungestörter. Wird's lange dauern?

Marcandier. Hm!

Frontignac. Gut, ich komme gleich. Dominique,

geleite Herrn Marcandier und mache es ihm recht bequem. (Leise.) Und ich bin für Niemand zu sprechen.

Dominique (leise). Verstanden. (Bei Seite.) Jetzt erkenn' ich meinen Herrn wieder. (Ab mit Marcandier nach rechts. Antonie tritt von links ein.)

10. Scene.

Frontignac. Antonie.

Antonie. Mein Herr!

Frontignac. Ah! Sie hier, bei mir! O wie danke ich Ihnen für dieses Glück!

Antonie. Danken Sie mir nicht, bevor Sie den Grund meines Hierseins kennen.

Frontignac. Sagen Sie mir nichts! Ich will nichts wissen. Sie sind hier, ich genieße das Glück, Sie zu betrachten, Ihnen zu sagen: ich liebe Sie! Was brauche ich mehr?

Antonie. Ein solcher Schritt jedoch —

Frontignac. Ich werde ihn nie vergessen, der Gedanke, daß Sie meine Liebe endlich gerührt —

Antonie. Vor allen Dingen versprechen Sie mir —

Frontignac. Das tiefste Geheimniß! Oh, gnädige Frau, von ganzen Herzen, ich bin ja so vom Glück berauscht!

Antonie. Aber mein Herr, eine solche Sprache! — Sie täuschen sich vollkommen über den Zweck meines Besuches. Hören Sie mich an.

Frontignac. Bitte, sprechen Sie, gnädige Frau!

Antonie. Ich war vielleicht ein wenig unbedachtsam mit Ihnen — ich mache mir diesen Vorwurf —

Frontignac. Welch' ungerechter Vorwurf, gnädige Frau!

Antonie. Ich habe Ihnen geschrieben.

Frontignac. Einen Brief, einen einzigen! mit fünfundzwanzig Concertbillets. (Bei Seite.) 500 Francs!

Antonie. Ganz recht, einen sehr unschuldigen Brief.

Frontignac. Zu unschuldig!

Antonie. Dessen Postscriptum mich aber compro-

mittiren könnte, wenn er Herrn Roquamor in die Hände
fiele. Mein Mann ist eifersüchtig, mißtrauisch; ich bin
überzeugt, er überwacht mich und spürt mir nach.

Frontignac. Wie, er thut Ihnen diese Schmach
an und Sie rächen sich nicht an ihm! Oh! ziehen Sie
dies reizende Händchen nicht zurück, wie geschaffen zur
Reichung milder Gaben.

Antonie. Sie gehören nicht zu meinen Armen,
mein Herr. — Und diesen Brief, ich komme, ihn zurück-
zuverlangen.

Frontignac. Nimmermehr, gnädige Frau, nimmermehr! (Bei Seite.) Er kommt mich theuer genug zu
stehen!

Antonie. Ich dachte, ich hätte es mit einem Ehren-
manne zu thun.

Frontignac. Und Sie glauben, damit sei Alles
gesagt? Dieser Brief, der die Spuren meiner Küsse trägt,
den ich Tag für Tag lese — (bei Seite) wo habe ich ihn nur
hingethan? (Laut.) Dieser Brief, mein einziger Trost in
meiner Einsamkeit, mein Blut, mein Leben, Sie haben
den Muth, ihn zurück zu verlangen?

Antonie. Ruhe, Ruhe, ich beschwöre Sie!

Frontignac. Antonie!

Antonie. Mein Herr!

Frontignac. Ich sagte mir: Eines Tages wird sie
Mitleid haben mit dem Manne, der Nichts von ihr verlangt, denn ich verlange Nichts von Ihnen; (küßt sie) mit
dieser schüchternen Liebe, dieser stummen Hingebung. (Küßt
sie.) Und jetzt kommen Sie, und verlangen diesen Brief
zurück. (Bei Seite.) Wenn ich wüßte wo er ist.

Antonie. Stanislaus!

Frontignac. Antonie! (Fällt ihr zu Füßen.)

Roquamor (draußen). Ich will hinein, sag' ich!

Antonie. Die Stimme meines Mannes!

Frontignae (aufspringend). Er? Alle Wetter! Und
er soll ein Wütherich sein!

Antonie. Er ist mir nachgegangen! — Ich bin
verloren!

Frontignac. Zum Teufel, was fangen wir an!

Antonie. Ah, ein Gedanke! Ruhig Blut, und sprechen Sie wie ich.

11. Scene.

Vorige. Roquamor.

Roquamor (in der Mittelthür erscheinend). Ich habe mich nicht getäuscht.

Antonie (zu Frontignac). Wie steht's denn aber mit den Kaminen? Rauchen sie?

Frontignac. Sie sagen die Kamine?

Roquamor (bei Seite). Die Kamine! (Laut.) Ma= dame —

Antonie (die Erstaunte spielend). Sie hier? Welch' glückliches Zusammentreffen!

Frontignac (bei Seite). Was sagt sie?

Roquamor. So?

Antonie. Sage mir doch Deine Meinung.

Roquamor. Meine Meinung! Da ich Sie hier finde, ist, denk' ich, meine Meinung nicht zweifelhaft.

Antonie. Nun, ich sehe mir diese Wohnung an, sie ist zu vermiethen, und da wir ausziehen —

Frontignac (bei Seite). Wie? Zu vermiethen? (Leise zu Antonie.) Aber, bitte, erlauben Sie?

Antonie (leise). Kaltes Blut, und sagen Sie wie ich.

Frontignac (leise). Nein, aber —

Roquamor (mißtrauisch). Diese Wohnung ist zu ver= miethen, und deswegen also —

Antonie (naiv). Und weswegen sonst, mein Freund?

Frontignac. Nun freilich, weswegen sonst sollten Sie — (bei Seite) sehr stark, Antonie.

Roquamor. Also die Wohnung ist —

Antonie. Reizend; acht Fenster nach der Straße; acht, nicht wahr?

Frontignac. Acht, ganz recht!

Antonie. Jedes Zimmer besonderen Eingang, großer

und kleiner Salon, Boudoir, Bibliothek, drei Wohnzimmer, Toilettenzimmer, nicht wahr?

Frontignac. Toilettenzimmer, natürlich!

Antonie. Zwei Keller, nicht wahr?

Frontignac. Zwei Keller, ja wohl. Wollen wir vielleicht in den Keller steigen?

Roquamor. Unnöthig, kenne sie; ich kenne die Wohnung und auch den Wirth.

Frontignac. Carbonnel? Meinen Freund Carbonnel?

Roquamor. Ganz recht, unfern Freund Carbonnel; aber ich kenne auch den Preis?

Frontignac. Ah freilich, 5000 Francs!

Antonie. Die Herr v. Frontignac auf 2000 reduzirt bis zum Ablauf seines Mieths-Kontraktes.

Frontignac. He?

Antonie. Da er gezwungen ist die Wohnung aufzugeben —

Roquamor. Ah, Sie überlassen Sie uns für 2000 Francs?

Frontignac. Ich? ich — (bei Seite) Ah! zu stark, Antonie!

Roquamor. In dem Falle, freilich —

Frontignac. Ich kann Ihnen nicht verhehlen, daß die Kamine rauchen.

Roquamor. Kleinigkeit!

Antonie. Kleinigkeit!

Frontignac (in die Enge getrieben). Kleinigkeit! Ich dächte aber doch — lieber Gott, freilich — eine Kleinigkeit. (Bei Seite.) Nein, wahrlich, zu stark, diese Antonie. (Marcandier erscheint.)

12. Scene.

Borige. Marcandier.

Roquamor. Warum sind Sie denn eigentlich gezwungen, diese Wohnung aufzugeben?

Frontignac. Gezwungen — gezwungen eigentlich nicht; ich bin auch noch nicht ganz entschlossen.

Roquamor (mißtrauisch). Aber dann —

Antonie. Ganz unmöglich — bei ihrer Krankheit.

Frontignac. Ich bin krank!

Antonie (leise). Es würde mich tödten.

Roquamor. Sie sind krank?

Frontignac. Leider!

Marcandier (bei Seite). Was höre ich?

Frontignac. Sehr ernstlich.

Antonie. Brust, Lunge! Es ist die höchste Zeit, ein milderes Klima aufzusuchen.

Marcandier (bei Seite). Er wollte mich übervortheilen.

Frontignac (mit Mühe an sich haltend). Aber da soll doch gleich — —

Antonie (leise). Husten Sie, er traut nicht. So husten Sie doch!

Frontignac. Ich soll — Ah! (Hustet).

Antonie. Da, hörst Du?

Roquamor. Armer Herr von Frontignac!

Marcandier (bei Seite, schleicht sich davon). Warten wir doch lieber bis zum Herbst.

Antonie. Ein Glas Wasser!

Roquamor (ihm in den Rücken klopfend). Orangenblüthenthee!

Frontignac (bei Seite). Jetzt huste ich wirklich — vor Zorn — ich ersticke — ich komme um!

Der Vorhang fällt.

Dritter Akt.

Dasselbe Zimmer wie im zweiten Akt.

1. Scene.

Dominique. Dann Savinien.

Dominique (allein). Wie sich mein Herr in einer Woche verändert hat, ist unbegreiflich! Spricht von Nichts wie von Familie, Ruhe und Ordnung. Es ist entwürdigend. Ich verlasse ihn — ich kündige ihm — das steht fest. Da ist der Andre!

Savinien (eintretend). Mein Onkel? Wo ist mein Onkel?

Dominique. Vermuthlich bei der Andacht; ich will ihn rufen. (Ab.)

Savinien (allein). Die arme Madame Roquamor, ich bedauere sie. „Ich verspreche Ihnen, was Sie wollen," sagte sie mir, „aber schaffen Sie mir diesen Brief zurück, diesen unglücklichen Brief." Und dabei standen ihr die Thränen in den Augen, ich küßte sie ab nach Herzenslust, eine sehr liebe Frau.

2. Scene.

Savinien. Frontignac.

Frontignac. Junge, da bist Du ja.

Savinien. Lieber Onkel, Madame Roquamor ist beim Portier, sie bat mich inständigst ihr ihren Brief zurückzubringen, sie wagt es nicht selbst zu kommen.

Frontignac. Wagt sich? So sind wir sie endlich los, den Brief habe ich verbrannt.

Savinien. Aber —

Frontignac. Laß mich! Dieses Weib macht mich zittern. Ich will sie nicht sehen, will nicht von ihr sprechen, nicht an sie denken. Beim Portier ist sie? Sie soll beim Portier bleiben. Ah, hat dieser Portier Glück. Wird der eine Freude haben, denn ihr Mann lauert jedenfalls an der Straßenecke. Ich wollte, jetzt miethet sie den Portier aus.

Savinien. Erklären Sie mir, lieber Onkel —

Frontignac. Ach, Du weißt nicht — nein, Du kannst es nicht wissen. Aber, ich bitte Dich, sprich nie wieder von Madame Roquamor.

Savinien. Im Grunde genommen, ist sie mir ganz gleichgiltig.

Frontignac. Gut also, kein Wort mehr davon — erzähle mir, wie deine Angelegenheit steht?

Savinien. Ganz gut, nur — Herr Carbonnel hat mich vor seine Thür gesetzt; und seit voriger Woche konnte ich kein Wort mit Madeleine wechseln.

Frontignac. Nun, indessen habe ich für Dich corre=spondirt, sieh: (Geht an's Fenster und ergreift einen Zwirns faden, der längs der Mauer hängt.)

Savinien. Was bedeutet das?

Frontignac. Ein Postbüreau. (Ausruf.) Ah!

Savinien. Was?

Frontignac. Ich mußte es wohl, sieh: dort an der Ecke. Erkennst Du ihn nicht? Roquamor, auf der Lauer.

Savinien. Lassen wir ihn stehen; Sie sagten ja selbst, Ich will nicht mehr an Madame Roquamor denken.

Frontignac. Ich denke auch nicht an sie; ich denke an den Portier. Bei dem wird's bald lustig zugehen.

Savinien. Desto besser, desto besser! Aber das Postbüreau — ich verstehe nicht.

Frontignac. Höre! Gestern stand ich an diesem Fenster und rauchte melancholisch eine Deiner excellenten Cigarren, wobei ich an ein gewisses weißes Haar dachte,

4

das Dominique am Morgen an meiner Schläfe entdeckt zu haben glaubte, als ich plötzlich über mir einen leisen Schrei vernehme. Ich blicke hinauf und gewahre Madeleine, deren Händen eben ein kleines Garnknäuel entschlüpft, ich erhasche den Knäuel im Fluge, schreibe in Eile auf ein Stückchen Papier: „Mein Fräulein, mein Neffe vergeht vor Liebe zu Ihnen und wenn Sie ihm nicht antworten, ich kenne ihn, ist er der Mann sich das Gehirn zu zerschmettern." Ich binde den Zettel an den Faden, gebe ein Zeichen und Faden und Brief steigen auf. Ein Augenblick später kommt derselbe Faden mit der Antwort herunter — da lies (zieht ein Papier aus der Tasche) hier ist sie: „Herr Savinien soll sich nicht tödten, ich liebe ihn und nur ihn allein!" Ist das nicht reizend? Wie? (Giebt ihm den Zettel.)

Savinien (küsst das Papier). Liebe, theure Madeleine!

Frontignac. Seitdem ist die Straße fahrbar und wir haben bereits tausend Liebesversicherungen eine immer glühender wie die andere ausgewechselt, — wenn's so fortgeht ist Gefahr im Verzuge. — Wenn Du Lust hast Dich an Madeleines Handschrift zu berauschen, da, Spitzbube, schwelge! (Giebt ihm eine Masse kleiner Zettel.)

Savinien (bedeckt sie mit Küssen). Welches Glück!

Frontignac (ihn betrachtend). Oh Jugend, Jugend, wie bist du schön! Und mit so Wenigem zufrieden!

Savinien. Onkel, — wie wäre es wenn ich selbst —

Frontignac. Vortrefflich. — Schreibe ihr nur, sei warm und beredsam.

Savinien (nachdem er geschrieben). Da!

Frontignac. Du hast ihr gesagt: Ich liebe Sie.

Savinien. Drei Mal.

Frontignac. Sehr gut — und daß ihr Onkel ein Tyrann ist!

Savinien. Wohl zwanzig Mal.

Frontignac. Schön! (Bindet den Brief an den Faden und trällert): „In einem dunklen Hofe" — —

Savinien. Was fingen Sie da?

Frontignac. Das ist das Zeichen. Siehst Du!

(Der Faden steigt in die Höhe.) Sofort wird die Antwort da sein!

Savinien (ihn die Hand drückend). Lieber, guter Onkel! welch' glückliche Idee hatte ich Sie wiederzufinden.

Frontignac. Du hast mich wieder gefunden! und ich habe Dich wiedergefunden.

Savinien. Wenn ich heute auf die verzichten sollte, die ich liebe, — ich würde einen verzweifelten Streich ausführen.

Frontignac. Und der wäre?

Savinien. Ein Wagestück, aber ein entscheidendes.

Frontignac. Nicht nöthig, da ist die Antwort. — Nein, laß mich machen. (Knüpft den Zettel los.) Laß uns erst sehen, befühlen, schlürfen — Savinien, laß uns schlürfen!

Savinien. Bitte, Onkelchen.

Frontignac (beschnüffelt das Billet). Der Duft! — Riech' das — wie das duftet!

Savinien. Aber, Onkel, Sie lassen mich verschmachten.

Frontignac. Jetzt wollen wir lesen. (Liest.) „Ich hab' dich wohl erkannt" — — fie duzt Dich — „verwelkter Don Juan" — he!

Savinien. Wie!

Frontignac. Aber man ertappt einen alten Fuchs wie Deinen Freund — Carbonnel nicht." Der alte Schuft! Erwischt, mein armer Savinien, wir sind erwischt. (Beschnüffelt das Billet und zieht ein Gesicht.) Was nicht die Einbildung thut! Es riecht nach Tabak.

Savinien. Was nun thun?

Frontignac. Ich muß Dir sagen, ich weiß nichts mehr.

Savinien. Also greifen wir zum Aeußersten.

Frontignac. Zum Aeußersten?

Savinien (zu sich selbst). Es bleibt nur noch ein Mittel — desto schlimmer.

Frontignac. Welches Mittel?

Stimme Carbonnels (draußen). Wo steckt der alte Sünder?

4*

Frontignac. Carbonnel.
Savinien. Fort mit dem Zögern, halten Sie ihn nur einen Augenblick zurück. (Wie besessen rechts ab.)
Frontignac. Was will er hier?

3. Scene.

Frontignac. Carbonnel.

Carbonnel (in vergnügtem Tone). He! alter Sünder! immer noch tolle Streiche. Wird denn Dein Ruhestünd=chen nicht endlich schlagen? Jetzt schickst Du Deine Liebes=briefchen durch die Fenster, erfindest elektrische Fäden.

Frontignac. Alter Freund, diesmal sind es ehrliche Absichten. Du kannst Dir gar keinen Begriff machen, was für eine Menge von guten Absichten wir haben.

Carbonnel. Hältst Du mich denn absolut für einen Comödienvormund?

Frontignac (beleidigt thuend). Alter Freund, wie! Du bist hart.

Carbonnel. Und das Alles, weil Dir ein Neffe aus Amerika kommt. Früher, da waren es die Onkel, die aus dem Lande kamen und die Taschen voll Geld hatten.

Frontignac. Nun ja doch, ich gebe es zu, ich habe Unrecht gethan. Aber, ich bin dieser fortwährenden Ver=wirrungen satt, sie untergraben mein Dasein und stören meine Verdauung. Das muß ein Ende nehmen und Sa=vinien muß Madeleine heirathen.

Carbonnel (kalt). Das ist auch meine Ansicht.

Frontignac (erstaunt). Was sagst Du?

Carbonnel. Ich sage, das ist auch meine Ansicht.

Frontignac. Nun, dann würde sich ja Alles in bester Weise erledigen. Ich dachte, man hätte mir meinen Carbonnel vertauscht — jetzt finde ich ihn wieder, den guten, den prächtigen Carbonnel. Wann ist die Hochzeit?

Carbonnel. Nur langsam, ich stelle meine Bedin=gungen.

Frontignac. Nicht mehr wie billig. Hören wir denn die Bedingungen.

Carbonnel. Hat Dein Neffe außer den 1800 Francs von seinem Bureau noch ein anderes Einkommen?

Frontignac. Ja.

Carbonnel. Was?

Frontignac. Meinen Segen.

Carbonnel. Hoffst Du mit Marcandier auseinander zu kommen?

Frontignac. Nach meinem Tode!

Carbonnel. Weiter.

Frontignac (bei Seite). Bis jetzt erscheinen mir seine Bedingungen ziemlich mild.

Carbonnel. Frontignac!

Frontignac. Lieber Carbonnel!

Carbonnel. Kennst Du die Lebensversicherungen?

Frontignac. Dem Rufe nach, man soll dadurch jung sterben.

Carbonnel. Im Gegentheil! Man wird alt dabei. Höre mich an. Ich habe Dir gesagt und wiederhole es Dir, Madeleine hat nur ein bescheidenes Vermögen und es ist daher unerläßlich, daß Dein Neffe, wenn auch nicht jetzt schon ein Capital, doch wenigstens sichere Aussichten auf ein solches habe.

Frontignac. Aussichten! Sage mir, könntest Du nicht einen weniger ernsten Ausdruck wählen?

Carbonnel. Nun, die Lebensversicherung giebt Dir eben im Falle des Todes das Mittel an die Hand, die verlangte Bedingung zu erfüllen. Höre mir aufmerksam zu.

Frontignac. Gern. aber ich bitte Dich, sprich mir nicht zu viel von meinem Tode, — das ist unangenehm.

Carbonnel. Was zahlt Dir Marcandier? Zehn Prozent vom Capital, macht 30,000 Francs. Gut also, nimm zwei Prozent von dieser Summe, 6000 Francs, bezahle damit die Police an eine Gesellschaft, und den Tag, wo Du die Augen zudrückst — Du siehst, ich schone Dich — zahlt die Gesellschaft Deinem Neffen Savinien 200,000 Francs.

Frontignac. Ja, ja, das gefällt mir! Bist Du aber auch sicher, daß mir das kein Unglück bringt?

Carbonnel. Im Gegentheil! Die Gesellschaft, die

erst nach dem Tode des Versicherten zu zahlen braucht, hat ja das größte Interesse, sein Leben zu verlängern, sie wacht über ihn, beschützt ihn wie eine zärtliche Mutter; alle die hundertjährigen Greise, deren Namen die Zeitungen veröffentlichen, sind unsere Clienten. Ich wette, das hohe Alter von Methusalem läßt sich nicht anders erklären.

Frontignac. Mach' keine schlechten Witze — bist Du aber auch gewiß, daß Alles in Ordnung geht?

Carbonnel. Bin ich nicht selbst Direktor der Lutetia?

Frontignac. Das ist wahr.

Carbonnel. Also, was meinst Du zu dem Vorschlag?

Frontignac. Und Du selbst? bist Du versichert?

Carbonnel. Natürlich.

Frontignac. Ja, aber warum bin ich denn noch nicht versichert?

Carbonnel. Weil Du ein Egoist warst.

Frontignac (empfindlich). Carbonnel!

Carbonnel. Ich sage die Wahrheit.

Frontignac. Das laß' ich mir gefallen.

Carbonnel. Also, abgemacht?

Frontignac. Abgemacht!

Carbonnel. Ich will also den Arzt kommen lassen.

Frontignac. Ein Arzt, schon jetzt? Welchen Arzt?

Carbonnel. Den Arzt der Gesellschaft, Doctor Imbert, charmanter Mann, der in der gemüthlichsten Weise sich nach Deinem Befinden erkundigen und Dich untersuchen wird.

Frontignac (ängstlich). Mich untersuchen?

Carbonnel. Dich befühlt.

Frontignac. Er befühlt mich? — da wird Nichts d'raus.

Carbonnel. Warum?

Frontignac. Ich leide das nicht.

Carbonnel. Aber sei doch vernünftig. Bildest Du Dir denn ein, die Gesellschaft würde Dich ohne Weiteres versichern, ehe sie Deinen Gesundheitszustand kennt. Sie muß doch wissen, ob Deine Gesundheit unerschüttert, Dein Herz gesund und der Magen in Ordnung ist.

Frontignac. Und wenn Herz und Magen zu wünschen übrig lassen?

Carbonnel. Stellt der Arzt kein Zeugniß aus, so nimmt die Gesellschaft die Versicherung nicht an.

Frontignac. Also der Client, der sich stark und gesund glaubt und sich seines Lebens freut, der erfährt ohne Weiteres, daß sein Paß für das Jenseits visirt ist.

Carbonnel. Was willst Du? Ohne ein ärztliches Gutachten ist keine Versicherung möglich.

Frontignac. Ja aber das — das ist ja abscheulich, empörend. Beim bloßen Gedanken daran überläuft mich eine Gänsehaut — ich will Deinen Arzt nicht sehen.

Carbonnel. Aber überlege doch, was kümmert Dich das, einen Menschen von Deinem Schlage? Uebrigens, Du weißt, mein Lieber, das ist unerläßlich, und ich habe bereits — —

Frontignac. Vollende! Jetzt werden wohl schon zwei Aerzte warten.

Carbonnel. Nein, einer genügt; da ich aber im Voraus mußte, daß Du meinen Vorschlag annehmen würdest, habe ich den Doktor Imbert gebeten, zu Dir zu kommen.

Frontignac. Er kommt hierher?

Carbonnel (seine Uhr ziehend). In einigen Minuten.

Frontignac. Konntest Du mir das nicht früher sagen? Mein Anzug?

Carbonnel. Dein Anzug? Sehr elegant — als wenn Du zu meinem Begräbniß gehen wolltest!

Frontignac (ihm heftig den Arm drückend). Carbonnel!

Carbonnel. Nein, zu einer Hochzeit.

Frontignac (sehr ergriffen). Ich bitte Dich, Carbonnel, keinen unzeitigen Scherz, ich muß leichenblaß aussehen — — ein Arzt! ein Arzt! (Es klingelt.)

Carbonnel. Das wird er sein.

Frontignac. Laß' ihn warten! (bei Seite) Ich will mir ein bißchen Roth auflegen. (Laut.) Ein Arzt! ein Arzt! (Ab im Augenblick, wo Marcandier in der Mittelthür erscheint.)

4. Scene.

Carbonnel. Marcandier.

Marcandier (hat die letzten Worte Frontignacs gehört). Ein Arzt! Frontignac verlangt einen Arzt?

Carbonnel. Ja, lieber Herr Marcandier, endlich entschließt er sich dazu, ich fürchte nur leider zu spät. Seine Gesundheit, durch die vielen Ausschweifungen —

Marcandier. Ist es möglich?

Carbonnel. Seine Gesundheit ist ernstlich angegriffen und nur die äußerste Schonung —

Marcandier. Wirklich.

Carbonnel. Nach unendlicher Mühe ist es mir endlich gelungen, unsern Freund zu bewegen, ärztlichen Rath zu suchen. Gott gebe nur, daß der Doktor Imbert nicht den Keim einer schweren Krankheit in ihm entdeckt —

Marcandier. Sehr gefährlich.

Carbonnel. Wenn auch nicht bedenklich, doch wenigstens —

Marcandier. Tödtlich?

Carbonnel. Sie sagten es.

Marcandier. Was ist das Leben! Ein Mann, der von Gesundheit zu strotzen schien.

Carbonnel. Vielleicht beunruhige ich mich auch unnöthig. Uebrigens werden wir ja das bald erfahren, denn der Doktor wird gleich hier sein.

Marcandier. Wenn es mir auch schwer wird, einer solchen Consultation beizuwohnen, würden Sie es wohl gestatten, daß ich hierbleibe.

Carbonnel. Das wird aber Ihrem fühlenden Herzen wehe thun, wäre es nicht besser —

Marcandier. Nein, nein, ich werde die Kraft haben, und meine Gefühle unterdrücken. Und dann, glauben Sie mir, wechseln wir nicht zu rasch die Lebensweise des Kranken. (Es klingelt.)

Carbonnel. Ah, das ist jedenfalls der Doctor.

Dominique (meldend). Herr Doktor Imbert.

Carbonnel (zu Dominique). Benachrichtigen Sie ihren Herrn.

Marcandier (bei Seite). Endlich werde ich doch erfahren, woran ich bin.

5. Scene.

Carbonnel. Marcandier. Imbert dann Frontignac.

Carbonnel. Guten Morgen, lieber Doktor.

Imbert. Sieh' da, Herr Marcandier auch, da bin ich ja unter lauter Bekannten!

Marcandier. Verheimlichen Sie uns ja Nichts, Doktor, wir sind gefaßt, wir haben Muth Alles zu hören. (Sieht Frontignac von rechts kommen.) St!' — (Frontignac grüßt den Doctor mit ängstlicher Miene.)

Carbonnel (sie einander vorstellend). Herr von Frontignac! Herr Doctor Imbert.

Frontignac. Herr Doctor!

Imbert. Sie wissen, was mich herführt, Herr von Frontignac, und ich hoffe, Ihnen ein günstiges Prognostikon stellen zu können.

Frontignac (bei Seite). Sehr höflich, aber wird er das Zeugniß ausstellen? (rufend) Dominique.

Carbonnel. Was wünschest Du?

Frontignac. Feder und Tinte für das Zeugniß des Doctors.

Imbert (lächelnd). Sie haben wohl Eile, Herr von Frontignac.

Frontignac. Ein Rendez-vous.

Marcandier (bei Seite). Er sieht wirklich elend aus.

Imbert. Wollen Sie gefälligst Platz nehmen.

Frontignac (sich setzend, bei Seite). Hat er sein Instrument? Ah, Sabinien, Sabinien! Wüßtest Du, was ich für Dich leide.

Imbert. Und nun ruhig.

Frontignac (bei Seite). 's ist ein Photograph! (Imbert untersucht ihn und klopft ihn in den Rücken.) Herein!

Imbert. Holen Sie lang und tief Athem. (Frontignac stoßt einen lauten Athemzug aus.)

Marcandier (bei Seite). Wie, wenn ich meinerseits die Gelegenheit benutzte! (macht's wie Frontignac, aber sehr mühsam.)

Imbert. Sagen Sie: ba, be, bi, bo, bu.

Frontignac. Wie?

Carbonnel. Sag' ba.

Frontignac (bei Seite). Der Doctor scheint ein Schulmeister zu sein (Heftig) ba, be, bi, bo, bu.

Marcandier (schwach). Ba, be, bi, bo, bu.

Imbert (balb Frontignac, balb Marcandier betrachtend). Ah! —

Frontignac (steht auf, geht nach dem Tisch, nimmt eine Feder und reicht sie Imbert). Doctor!

Imbert. Was soll's.

Frontignac. Eine Feder — zum Unterschreiben.

Imbert. Oh, so weit sind wir noch nicht. Setzen Sie sich wieder und husten Sie jetzt.

Frontignac (sich setzend). Ich soll husten?

Marcandier. Husten sollen Sie, ich huste, wenn ich will.

Frontignac. Und auch, wenn Sie nicht wollen. (Bei Seite.) Savinien! Savinien!

Marcandier (hustend). Hum!

Imbert (der glaubt, Frontignac habe gehustet). Ah! der böse Husten!

Marcandier. Wie, böser Husten — aber —

Frontignac (hustet, als wär's ein Kanonenschuß). Hum!

Imbert. Ah, das nenn' ich husten! ein wahrer Kanonenschuß.

Frontignac. Ist die Vorstellung beendigt?

Imbert. Noch einen Augenblick (stößt ihn mit der Faust in den Rücken).

Frontignac. Jetzt fängt er gar an zu boxen.

Imbert. Was empfinden Sie dabei?

Frontignac (freudestrahlend). Nicht das Geringste!

Marcandier (sich auf die Brust schlagend). Mir thut das weh.

Frontignac (aufstehend und Imbert die Feder bietend). Doctor, hier die Feder — —

Imbert. Nur noch ein paar Fragen und wir sind fertig. Des Morgens, so gegen 11 Uhr, fühlen Sie da nicht eine gewisse Leere des Magens?

Frontignac (die Feder in der Hand haltend). Ja.

Marcandier (bei Seite). Ich auch.

Imbert. Und gegen 6 Uhr Abends dieselbe Empfindung?

Frontignac (beunruhigt). Dieselbe Empfindung.

Marcandier (bei Seite). Ich auch!

Imbert. Und gegen Mitternacht eine gewisse Schwere in den Augenwimpern, eine Neigung zum Gähnen und zum Schlaf?

Frontignac (immer kleinlauter und die Feder verbergend). Allerdings.

Marcandier (bei Seite). Ganz wie ich.

Imbert. Fühlen Sie nicht nach großer Anstrengung eine gewisse Mattigkeit in den Gliedern, ein Bedürfniß auszuruhen?

Frontignac (traurig die Feder betrachtend). In der That!

Marcandier (bei Seite). Ganz wie ich!

Imbert. Von andern Symptomen will ich gar nicht sprechen, wie z. B. der Wunsch nach Wärme, bei kaltem Wetter, noch frischer Luft bei warmem Wetter — —

Frontignac. Ja, ja!

Marcandier. Ja, ja!

Imbert. Ah ha!

Frontignac. Also schlimm, Doctor? — Na, lassen wir's also! — (will die Feder zerbrechen, Imbert nimmt sie ihm aus der Hand und geht nach dem Tisch).

Imbert. Nun also, mein lieber Herr von Frontignac, wenn Sie nicht vielleicht zufällig aus einem fünften Stock stürzen, nicht in die Räder eines Dampfschiffes oder einer Locomotive gerathen, Ihnen nicht ein Schornstein auf den Kopf fällt oder ein Spieß durch den Leib gerannt wird, ist hundert gegen eins zu wetten, daß Sie uns Alle begraben und hundert Jahr alt werden. (Während der letzten Worte und immer mit der Feder spielend, hat Imbert ein Stück Papier aus seinem Taschenbuch gezogen und es unterzeichnet; er giebt es Frontignac.) Da, Ihr Zeugniß, Herr von Frontignac.

Frontignac (der mit Aengstlichkeit der letzten Scene gefolgt ist, stößt bei dieser Entwicklung einen schallenden Freudenruf aus). Hum!

Imbert. Oh, das ist jetzt nicht mehr nöthig.

Marcandier. Hundert Jahr! (Zu Carbonnel gehend.) Ja, was haben Sie mir denn da erzählt?

Carbonnel. Ich muß mich geirrt haben. Desto größer ist unsre Freude!

Frontignac. Hundert Jahr, Doctor, welch' Trosteswort! Und ich, der ich Nichts von den Aerzten wissen wollte! — Hundert Jahre! Uebertreiben Sie nicht — ein bischen — he?

Imbert (lachend). Um ein oder zwei Stunden vielleicht.

Frontignac. Ah, Sie sind der König aller Aerzte! Sie müssen mein Freund werden, mein Gefährte! Sie verlassen mich nicht mehr!

Marcandier (bei Seite). Er ist egoistisch in der Ausbeutung seiner Gesundheit.

Imbert (grüßt und zieht sich zurück). Herr von Frontignac! (zu den Andern) Meine Herren!

Frontignac. Entzückt, Herr Doctor, Ihre werthe Bekanntschaft gemacht zu haben (geleitet ihn hinaus, beide ab).

6. Scene.

Carbonnel. Marcandier.

Marcandier. Werden Sie mir endlich erklären, Herr Carbonnel, was eigentlich diese Scene zu bedeuten hatte, der ich hier eben beigewohnt?

Carbonnel. Nichts einfacher als das, lieber Herr. Um den ewigen Winkelzügen ein Ende zu machen und in der Absicht, seinem Neffen einmal ein hübsches Kapital hinterlassen zu können, hat sich unser Freund soeben für eine Summe von 200,000 Francs in der Lutetia eingekauft.

Marcandier (bei Seite). Ich bin betrogen.

7. Scene.

Vorige. Frontignac.

Frontignac (zurückkehrend). Dieser Doctor ist ein prächtiger Mensch.

Carbonnel. Sagte ich Dir's nicht? (Zieht ein Papier aus der Tasche.) Und nun unterschreibe mir das Papier, ich will den Contraft aufsetzen lassen und bringe ihn Dir in einer Stunde.

Frontignac. Wie Du willst.

Carbonnel. Kommen Sie, Herr Marcanbier!

Marcanbier (bei Seite). Ich bin also der Geprellte!

Frontignac. Abieu! Abieu! (Geleitet sie bis an die Thür.)

8. Scene.

Frontignac (allein).

Frontignac. Man hat Unrecht, über die Aerzte zu schimpfen; sie sind vortrefflich, wenn man nicht krank ist. So wäre denn Savinien's Zukunft gesichert. Ich verliere freilich bei der Sache den fünften Theil meines Einkommens — aber ich bereue es nicht. Er heirathet seine Madeleine und nach einem Jahr beschenkt er mich mit einem halben Dutzend kleiner Großneffen — ein halbes Dutzend in einem Jahr — das ist doch wohl vielleicht zu viel, indeß — so ein Amerikaner? (Antonie tritt ein.) Gleichviel! jetzt wären wir also in Ordnung und in Frieden. Mit meinen ehemaligen albernen Liebesgeschichten und meinem tollen Leben ist's aus. Das soll ein herrliches Leben werden!

9. Scene.

Frontignac. Antonie.

Antonie. Guten Tag, Herr von Frontignac.

Frontignac. Madame Roquamor! Haben Sie mir aber Furcht eingejagt?

Antonie (coquett). Man sollte fast glauben, daß
Ihnen meine Gegenwart unangenehm ist —

Frontignac. Ihre Gegenwart unangenehm, — ja.

Antonie. Wie!

Frontignac. Ja, waren Sie denn nicht beim Portier?

Antonie. Aber —

Frontignac. Ja, Unglückselige, wissen Sie denn
nicht, daß Ihr Mann, Ihr Schakal von Mann, Ihnen an
der Straßenecke auflauert; er wird hierher kommen, Ihr
grimmiger Gatte.

Antonie. Mein Herr —

Frontignac. Immer und immer Sie — ja Sie
— denn Sie sind es, die —

Antonie. In der That, mein Herr, ich bin höchst
betroffen von dem Empfang, den Sie mir bereiten. Daß
Sie jetzt das Märchen mit meinem Gatten zum Vorwand
nehmen, mag sehr geschickt sein, ist aber nichts destoweniger
unwürdig eines Ehrenmannes, der sich nicht scheut, eine
arme junge Frau zu compromittiren. Aber ich bin endlich
zur Einsicht gekommen und fordere Sie auf, mir meinen
Brief zurückzugeben.

Frontignac. Ihren Brief? — Wie soll ich wissen,
wo der hingekommen ist. (Laut.) Wahrscheinlich habe ich
ihn verbrannt, ja ganz gewiß gnädige Frau, ich habe ihn
verbrannt.

Antonie (sehr verlegen). Gerechte Strafe für einen
Augenblick der Koletterie! Aber, mein Herr, das ist Ihrer
unwürdig!

Frontignac (bei Seite). Ich wette, der Mann ist
im Augenblicke hier.

Antonie. Man macht einer armen Frau den Hof,
verblendet sie mit den verführerischsten Schmeichelreden,
spielt den Verzweifelten — und die Frau fühlt Mitleid,
schreibt ein Wort des Trostes und liefert so eine Waffe
gegen sich selbst (sinkt auf einen Sessel).

Frontignac (erhitzt). Eine Waffe! Was denken Sie
von mir, gnädige Frau, welcher Niedrigkeit halten Sie
mich fähig! Oh, fern sei's von mir — (nähert sich ihr).
Nein, nie ist eine Lüge über meine Lippen gekommen. Ich

habe Sie geliebt, Antonie, ich liebe Sie noch. Aber —
(ihre Hand ergreifend) aber auch ich bin zur Einsicht gekom=
men, auch ich habe den Weg der Tugend wieder betreten.
(Drückt ihre beiden Hände mit Innbrunst.) Ich habe endlich
begriffen, wie unrecht es ist, seinen Nebenmenschen zu
täuschen! Denn (küßt Antoniens Hände) glauben Sie nicht
etwa, daß ich ihren Gatten nicht zu meinen Nebenmenschen
rechne? (Wie vorher.) Er ist mein Nebenmensch, Antonie
(setzt sich zu ihr). Ich schwöre Ihnen zu, wenn ich an
Alles denke, was ich Ihnen gesagt, an diese süßen Worte,
diese Liebesergüsse, fühle ich mich beschämt, denn glauben
Sie es, Antonie (drückt sie in seine Arme) glauben Sie,
theurer Engel, es giebt nichts Wahreres, nichts Schöneres
hinieden, als eine lautere Absicht (küßt sie).

Antonie. Aber mein Herr — —

Frontignac. Fühlen Sie nicht selbst, welche Ruhe
in unser Herz gekehrt ist, jetzt, wo nur die Tugend es
belebt (wie vorher).

Antonie. Aber, erlauben Sie!

Frontignac. Was?

Antonie. Sie küssen mich ja.

Frontignac. Gewiß, und von ganzem Herzen.
(Wie vorher.)

Antonie. Aber, aber.

Frontignac. Was ist dabei? Da wir ja nur
lautere Absichten haben (sinkt ihr zu Füßen).

Antonie. Aber Stanislaus, ich beschwöre Sie —

Frontignac (leidenschaftlich). Ah Engel! mein süßer
Engel! Wenn meine Stimme noch Gewalt über Ihre
Seele hat, indem sie noch einen Widerhall in Ihrem Her=
zen findet, ich beschwöre Sie bei Allem was Ihnen heilig
ist — kehren Sie zum Portier zurück.

Antonie (aufspringend). Ah!

Roquamor's (Stimme draußen). Meine Frau ist hier!

Antonie. Mein Mann!

Frontignac. Sagt' ich's nicht!

Antonie. Ich bin verloren, verbergen Sie mich!

Frontignac (bei Seite). Sie war so gut aufgehoben
beim Portier.

Antonie. Wohin mich flüchten?

Frontignac. Ueber die Hintertreppe. Entschuldigen Sie, daß ich Sie nicht begleite.

(Antonie flüchtet sich durch dieselbe Thür wie Savinien in der zweiten Scene. Frontignac ist in der knieenden Stellung verblieben; die Hinterthür wird geräuschlos geöffnet.)

10. Scene.

Frontignac. Roquamor. Marcandier.

Roquamor. Auf den Knien! Ihr zu Füßen! Wo ist sie?

Marcandier. Unter dem Sopha! (Bückt sich.)

Frontignac (erstaunt). Marcandier!

Roquamor. Was thun Sie da?

Frontignac. Buße für meine Sünden, ich suche eine Stecknadel.

Roquamor. Genug der Ausflüchte, mein Herr. Man hat meine Frau in dieses Haus eintreten sehen!

Frontignac. Wer? man?

Roquamor. Gleichviel wer? Genug, sie ist hier. Läugnen Sie's vielleicht?

Marcandier. Ah, hundert Jahre willst Du alt werden?

Roquamor. Ihr Schweigen ist ein Geständniß. Uebrigens will ich sie schon finden. (Wendet sich nach links.)

Frontignac (aufstehend). Halt da, mein werther Herr Roquamor! Sie haben meine Wohnung gemiethet, ganz gut, aber erst vom 15. Juli an; (stellt sich vor die linke Thür) das heißt also in drei Wochen können Sie, wenn es Ihnen Spaß macht, sich von der Gegenwart der Madame Roquamor ganz nach Ihrem Belieben überzeugen.

Roquamor. Was soll der Scherz?

Frontignac. Bis dahin erlaube ich mir Ihnen zu bemerken, daß eine Haussuchung gewisse, vom Gesetze vorgeschriebene Formalitäten erfordert.

Marcandier. Ein Polizei-Commissär.

Roquamor. Genug, mein Herr, Sie sollen mir Rechenschaft geben.

Frontignac. Ich stehe zu Diensten.
Marcandier (bei Seite). Da haben wir's
Roquamor. Auf der Stelle!
Frontignac. Auf der Stelle!

11. Scene.

Vorige. Carbonnel.

Carbonnel. Die Police —

Roquamor und Frontignac (sehr schnell einfallend). He!

Marcandier. Die Polizei!

Roquamor. Ah! der Herr läßt sich be=schützen!

Zu gleicher Zeit und sehr rasch.

Frontignac. Ah, der Herr hat sich vorgesehen!

Carbonnel (erstaunt und Nichts begreifend). Was schwatzen die da von der Polizei — die Police der Lebens=Versicherung!

Frontignac. Ach was da, Lebens=Versicherung! Im Gegentheil! Ich schlage mich mit dem Herrn da, und Du sollst mein Secundant sein.

Carbonnel. Dich schlagen! Das darfst Du nicht! Die Gesellschaft verbietet ausdrücklich das Duell.

Frontignac. Flausen!

Carbonnel (erregt). Flausen hin, Flausen her! Da ist Dein Contract, Du hast ihn unterschrieben und Dich verpflichtet, so lange als irgend möglich zu leben, über=haupt, Dein Leben keiner Gefahr auszusetzen: Dich schlagen wollen, wäre ein Betrug. Das fehlte gerade noch, die Ge=sellschaft würde schöne Geschäfte machen, wenn ihre Clien=ten das Recht hätten, eine Kugel in den Kopf oder einen Degenstich in die Brust zu bekommen; Man unterschreibt, läßt sich erschießen und sich ganz gemüthlich seine 200000 Francs auszahlen. Du darfst und wirst Dich nicht schla=gen, sage ich Dir.

Marcandier (bei Seite). Ah, der Schurke.

Roquamor (spöttisch). Das ist ja sehr gut ausge=dacht. Man beschimpft mich, stellt sich mir zur Verfügung und im letzten Augenblick kommt die Gesellschaft und sagt, ihr Client dürfe sich nicht schlagen.

Carbonnel. O nein! Die Gesellschaft erlaubt ihm Sie zu tödten, aber nicht selbst getödtet zu werden.

Frontignac. Das ist ja ganz unsinnig, abgeschmackt, monströs und ich will doch —

Carbonnel. Deinen Neffen enterben!

Frontignac (bestürzt). Donnerwett —

Marcandier (bei Seite). Ah! Du willst Dich nicht schlagen, Spißbube! (Laut.) Also ein richtiger Abenteurer

Frontignac (an sich haltend). Herr Marcandier.

Marcandier. Ein Lump!

Frontignac (ebenso). Herr Marcandier!

Marcandier. Ein Hasenfuß!

Frontignac. Hasenfuß — oh! (Im Augenblick, wo Marcandier sich verächtlich umdreht, giebt ihm Frontignac einen Fußtritt. — Zu Carbonnel.) Ist das vielleicht auch verboten?

Carbonnel. Nein, das ist gestattet.

Marcandier. Oh!

Roquamor. Nun, wird's endlich, mein Herr?

Frontignac. Ich bin bereit. (Zu Carbonnel.) Mag kommen was da will!

Carbonnel. Wenn Du durchaus nicht anders willst — dann wird aber aus der Heirath Deines Neffen mit meiner Nichte nichts.

12. Scene.

Vorige. Antonie.

Antonie. Sagen Sie das nicht, Herr Carbonnel.

Roquamor. Meine Frau!

Frontignac (bei Seite). Jetzt wird die Sache noch verwickelter.

Antonie. Sagen Sie das nicht. Er ging, Herr Carbonnel.

Carbonnel. Wohin?

Antonie. Er ging nicht allein: sondern mit Ihrer Nichte.

Carbonnel. Madeleine — —

Antonie. Die er diesen Morgen entführt.

Carbonnel. Während ich hier war.

Frontignac. Während Du mich versichertest!

Carbonnel. Aber wo sind Sie?

Antonie. Hören Sie! Nachdem er Madeleine über=
redet, ihm zu folgen, hat er sie zu Ihrer Schwägerin ge=
bracht. Unglücklicherweise war diese nicht zu Hause —
gefrühstückt hatten sie noch nicht! — was thun?

Frontignac. Die armen Kinder!

Carbonnel. Schweige doch!

Antonie. Er führte sie nach moulin rouge.

Frontignac (zärtlich). Herzzerreißend!

Antonie. Man brachte ihnen das Nöthigste. Sechs
Dutzend Austern, Gänseleberpastete — Rebhuhn — Früchte
— Eis und den nöthigen Champagner.

Frontignac (bewegt). Und den Kaffe! Rührend —

Carbonnel. Und meine Nichte hat gewagt — da
— an einem Tisch — mitten unter den Lebemännern —

Antonie. Nein, trösten Sie sich; sie hatten ein Ca=
binet genommen.

Carbonnel. Ein Cabinet!

Frontignac. Welche Aufmerksamkeit!

Antonie. Und dann bestellten sie einen Wagen.

Carbonnel. Und fuhren —?

Antonie. Auf's Land; ich traf sie auf dem Bahn=
hof, wo ich mein Kammermädchen erwartete, die aus der
Normandie kommt. Savinien stand am Schalter und
nahm zwei Billets erster Klasse nach San Franzisco.

Marcandier. Das nennt sie auf's Land gehen!

Antonie. Ich bat sie, drang in sie und überredete
sie endlich, von ihren Vorhaben abzustehen und mit mir
zu Ihnen zurückzukehren, wo ich Sie nun schon seit drei
langen Stunden erwarte.

Roquamor (mit einem Sprung zu Frontignac, ihm die
Hand drückend). Ah, mein lieber, theurer Freund, ich bitte
tausend Mal um Entschuldigung, (zu Marcandier zögernd)
der Herr da hatte mir in den Kopf gesetzt —

Frontignac. Sie sehen also ein, daß ich unschul=
dig bin.

Carbonnel. Aber wo sind sie, die Ungeheuer?

Antonie (die Thür links öffnend). Da!

13. Scene.

Vorige. Savinien. Madeleine.

(Madeleine ist sehr roth, Savinien ein bischen angetrunken.
Treten sehr schüchtern ein, machen verlegen ein paar Schritte
wie ertappte Schulkinder. Kleine Pause.)

Carbonnel. Also Madeleine —

Madeleine (erschreckt, drückt sich an Savinien und verbirgt ihr Gesicht an seiner Brust). Lieber Gott! — —

Carbonnel. Nun — —

Savinien. Sie verbirgt ihre Schaam! (Mit wei-
nerlicher Geberde.) Könnte ich doch die meinige auch verbergen! —

Carbonnel. Und wenn ich Genugthuung von Ihnen
forderte?

Frontignac. Das kannst Du nicht!

Carbonnel. He?

Frontignac. Du bist ja versichert.

Carbonnel. Das ist wahr!

Frontignac. Und, sind sie denn so schuldig? Man
muß auf die Absicht sehen. Herr Roquamer hatte eben
noch seine Frau in Verdacht, und doch hat sie, wie diese
Beiden, nur — in lauterer Absicht gehandelt. Darauf
kommt Alles an, mein Freund — Der Zweck heiligt die
Mittel!

Carbonnel. Du meinst also?

Frontignac. Segnen wir sie! (Allgemeine Zustim-
mung.)

Carbonnel. Also, meinetwegen.

Madeleine. Lieber Onkel!

Savinien (zu Carbonnel). Mein theurer Onkel!

Frontignac. Und wie reuige Sünder, wollen wir
unsere Tage bei ihnen beschließen.

Madeleine. Gepflegt und geliebt von uns.

Frontignac. Im Familienkreise.

Marcandier (bei Seite). Im Familienkreise — ich
bin ruinirt.

Ende.

Nachträgliche Aenderungen im 3. Act.

Seite 49 Zeile 1 muß es heißen: anstatt Wagt sich? Sie wagt es nicht?

Seite 50 Zeile 3 anstatt: vernehme — vernahm.

Seite 58 Zeile 37 anstatt: Mir thut das weh — Mich schmerzt das.

Seite 59 Zeile 24 anstatt: noch frischer Luft — nach frischer Luft.

Seite 59 Zeile 28 anstatt: Na lassen wir's also! — Lassen wir's.

Seite 59 Zeile 31 fällt weg: Nun also mein Lieber.